Une équipe explosive

FSC
www.fsc.org
MIXTE
Papier issu
de sources
responsables
Paper from
responsible sources
FSC® C105338

Phil Haé

Une équipe explosive

La photo de couverture a été faite avec l'IA du site Fotor :
https://www.fotor.com/images/create

Les images viennent des sites suivants :

* **Wikipédia :**

- Page 22 (Kouglof) : https://urls.fr/b55ceI
- Page 49 (Cathédrale Essen) : https://urls.fr/0vvBo-

* **Metz.fr** :
- **P**age 78 (Montgolfiade) : https://urls.fr/mzv0dN

*** Pixabay :**

- Page 86 (Joker): https://urls.fr/f3Ndar

- Page 91 (Train souris pain d'épices) : https://urls.fr/bM3HgX

*** Globe-Trotting :**

- Page 125 : https://urls.fr/eta59-

* Essen : https://urls.fr/dYjTGh

Édition : BoD · Books on Demand,
31 avenue Saint-Rémy, 57600 Forbach, bod@bod.fr
Impression : Libri Plureos GmbH, Friedensallee 273,
22763 Hamburg (Allemagne)

ISBN: 978-2-3225-7489-6

Dépôt légal : Mars 2025

Du même auteur :

Nitro 11 : Un livre d'action survitaminé.

Attachez vos ceintures !

Suivez les multiples interventions policières de Paul Hea : un carnaval mouvementé, une bombe dans un immeuble, une attaque de bijouterie, la disparition d'un proche...

Paul Hea va être au cœur d'enquêtes à suspense, de courses-poursuites, de scènes d'actions et de cascades spectaculaires.

Que ce soit sur la terre, sur la mer ou dans les airs, Paul Hea poursuit sans relâche sa mission : coffrer les traqués !

Aux fans de la série Alerte Cobra© .

À tous les amateurs d'action, de poursuites, de cascades.

Chapitre I

Les premières interventions de l'équipe

Le 10 avril 2023

Un jeune homme pressé se hâte dans les rues de Strasbourg, quand il aperçoit une femme qui est en train de pleurer, sous un abri de tramway.

Il s'exclame :

– Que vous est-il arrivé ?

– Je viens de perdre ma montre. Elle a une très grande valeur.

– Vous devez le signaler au commissariat. J'y vais de ce pas. Je suis policier et vous pouvez demander à me voir si vous le désirez. Je m'appelle Arthur Nox.

– Oui, mais avant je suis tellement angoissée que je vais demander à ma fille de m'accompagner.

Le jeune homme reprend sa route car c'est son premier jour au commissariat franco-allemand du boulevard du président Edwards.

Arthur est allemand et a rejoint la France depuis trois mois.

Il est brun, il porte un pantalon bleu et un tee-shirt blanc.

Il habite dans le centre-ville de Strabsourg.

À 7 h 30, il ouvre la porte. Deux personnes sont à l'accueil.

– Bonjour, Monsieur. Vous êtes bien matinal, dit une jeune femme blonde. Je suis l'officier Sarah Yel. Quel est le motif de votre venue dans notre commissariat ?

– Je suis Arthur Nox, le nouvel officier de police.

– Eh bien, bienvenue à vous ! La commissaire n'est pas encore arrivée. Il faut dire que vous avez 30 minutes d'avance. On va aller dans mon bureau pour faire connaissance.

Ils vont dans le bureau spacieux de Sarah qui contient deux ordinateurs et une pile de dossiers en cours.

– Vous semblez avoir la trentaine. Je vous laisse me présenter votre parcours professionnel plus en détail.

– Effectivement, j'ai 35 ans. Je suis récemment devenu officier de police suite à une reconversion professionnelle. Et vous, Sarah, vous semblez avoir à peu près le même âge que moi. C'est bien le cas ?

– Vous avez raison. J'ai 36 ans.

Sarah interroge ensuite Arthur sur son choix de reconversion :

– Quel était votre précédent métier et pourquoi avez-vous voulu soudainement rejoindre la police ?

– J'ai été boulanger en Allemagne pendant 16 ans. J'ai voulu intégrer la police pour agir dans l'intérêt général et pour faire respecter la loi.

– Vous, un ancien boulanger ! C'est une sacrée reconversion ! J'espère quand même que je ne vais pas devoir travailler en équipe avec vous, Arthur.

– J'ai le droit de vouloir changer de métier, Sarah !

– Si vous le dites ! Comprenez-moi ! Je suis dans la police depuis 17 ans. Pendant les années où vous êtes resté tranquillement dans votre boulangerie à préparer du pain, j'ai effectué de multiples interventions diversifiées à travers toute la France. J'ai toujours eu des coéquipiers qui avaient déjà fait plusieurs années dans la police.

– Je comprends votre point de vue. Mais, n'oubliez pas que j'avais un métier contraignant. Pendant que vous dormiez à 4 h du matin, j'étais déjà derrière mon fournil.

Sarah lève les bras au ciel. Après un silence embarrassant, Arthur Nox décide de reprendre la discussion et d'aborder la vie quotidienne :

– Excusez-moi, je sais que vous aussi vous pouvez travailler la nuit ! Mais quelle est votre conception du métier de policier, Sarah ?

– Selon moi, le policier est un agent qui doit avoir une bonne analyse pour résoudre les affaires. Et selon vous, Arthur ?

– Je vois le métier de policier comme routinier avec une majorité du temps de travail à classer des dossiers.

– De mieux en mieux ! soupire Sarah, très énervée.

– Allons, je voulais détendre la discussion, et je plaisantais ! reprend aussitôt Arthur, tout souriant.

– Ce n'était vraiment pas drôle ! répond sèchement Sarah.

Elle commence à tourner en rond dans son bureau, en regardant sa montre qui n'affiche que 7 h 55...

– Et pour parler d'autre chose, Sarah, quels loisirs pratiquez-vous lors de votre temps libre ? reprend, Arthur, comme s'il n'avait rien remarqué.

– Mes loisirs sont la lecture et la couture. À mon avis, vous ne devez pas en avoir beaucoup, Arthur.

– Oui, effectivement Sarah, je n’ai pas trop eu le temps. Occasionnellement, je prends quand même le temps de faire un peu de surf et de randonnée.

– Vous aimez faire des activités sportives.

Il est 8 h.

La porte d'entrée claque.

C'est la commissaire qui arrive et se dirige vers le bureau de Sarah, qui l'accueille ainsi :

– Madame la commissaire, je vous présente Arthur Nox.

– Bienvenue à vous, Arthur ! Je suis Louise Dum. Je vois que vous avez fait la connaissance de Sarah Yel. C’est très bien puisque c'est elle qui sera votre coéquipière ! Vous allez intégrer l’équipe Speed 11 ! C’est l’équipe du commissariat qui effectue le plus d’interventions.

– C’est un bon nom pour l’équipe. Ça me rappelle le livre Nitro 11 qui raconte les interventions musclées de Paul Hea et de Sandrine Nio à travers Nice, Paris et Marseille.

– Ah ! Vous avez lu comme moi ce livre d’action. Vous savez donc que ce n’est que de la fiction et que ce n’est pas la réalité des interventions quotidiennes des policiers.

– Oui, je le sais très bien, Madame la commissaire.

Louise Dum rappelle à Arthur la création de ce nouveau commissariat d'alliance franco-allemande.

– Ici à Strasbourg, nous sommes tout proche de l’Allemagne. Les deux pays ont donc décidé de s’allier en 2017 pour créer une première structure franco-allemande. Cette mission était assurée en Allemagne par des policiers, mais en France seulement par des gendarmes jusqu'à l'an dernier. C'était là vraiment une première étape importante.

Comme cela faisait polémique, il fallait trouver une alternative satisfaisante pour tous. On a estimé qu'en France, il était nécessaire de créer en complément une structure policière. C'est ainsi que ce commissariat a été créé, en deuxième structure de coopération. Toutes les équipes sont composées de deux personnes bilingues, l'une est allemande et l'autre est française. Vous avez déménagé en France depuis trois mois et j'ai demandé votre affectation dans ma brigade, dès que j'ai su votre réussite au concours d'officier de police. D'ailleurs, votre aisance en français me surprend agréablement, pour un homme qui ne vit dans notre pays que depuis seulement un trimestre.

– En fait, j'ai appris le français avec mon père qui habite à Strasbourg depuis plusieurs années.

Il est 8 h 30. Louise Dum donne les directives :

– Maintenant, allez revêtir votre uniforme de policier, Arthur. Il est temps de faire votre première intervention. Comme ce sera au quai Jacoutot, vous allez faire le trajet en vélo électrique. Votre mission sera de vérifier le respect des règles de circulation sur la voie cyclable.

Arthur Nox enfile son uniforme, puis rejoint Sarah Yel qui rouspète :

– Arthur, vous n'avez pas tous les équipements nécessaires pour la patrouille ! Vous devez mettre des genouillères et un casque pour vous protéger. Vous me faites perdre un temps précieux !

– Excusez-moi, Sarah ! Je me suis préparé trop rapidement.

À 8 h 45, Arthur Nox est enfin prêt pour mener sa première mission.

Arthur et Sarah prennent chacun un vélo.

Ils montent le boulevard du président Edwards, puis tournent à gauche sur l’avenue de l’Europe. Ils passent alors devant le Conseil de l’Europe, puis ils bifurquent à droite au début de la piste cyclable du quai Jacoutot. Il est déjà 9 h.

Arthur et Sarah descendent de leurs vélos et se mettent sur la portion réservée aux piétons.

Sarah est contente de voir que les cyclistes restent bien sur leur voie.

Il est 9 h 10 quand Arthur s’exclame :

– Regardez cet individu, Sarah ! Il a une trottinette électrique sans casque et il est sur cette voie cyclable. Il n’est pas protégé et il a un passager.

– Merci à vous, Arthur. Nous allons lui faire signe de s'arrêter.

Arthur et Sarah sortent leurs sifflets.

La trottinette accélère et passe devant nos deux agents qui enfourchent immédiatement leurs vélos électriques.

La trottinette a maintenant 100 mètres d'avance sur l'équipe Speed 11. Elle descend le quai, puis tourne à droite. Elle grimpe la route et tourne à gauche sur l'allée Kastner.

Les deux coéquipiers de Speed 11 la suivent sans encombre, pédalant de plus belle. Soudain, le conducteur de la trottinette tourne légèrement la tête pour visualiser l'avance qu'il a sur la police.

Lorsqu'il regarde à nouveau devant lui, il se retrouve à 60 mètres d'un vélo qui est en plein milieu de la voie !

Pendant ce temps-là, le binôme Speed 11 s'est rapproché de la trottinette. Il se trouve maintenant à 50 mètres derrière elle.

Sur la route qui longe la piste cyclable, il y a un poids lourd qui roule lentement.

Le pilote de la trottinette décide malgré tout de dépasser le vélo juste devant lui, en tentant de passer entre le poids lourd et ce vélo !

Il se déporte légèrement sur la gauche et, avec dextérité, il réussit sa manœuvre, sans toucher personne.

L'équipe Speed 11 y arrive également, mais frôle le vélo car il n' y a que peu d'écart entre eux.

La poursuite continue sur le boulevard Pierre Pflimlin.

La trottinette en effraction dépasse à présent une autre trottinette, puis se rabat à nouveau sur la voie cyclable, descendant ainsi la rue Pierre de Coubertin, suivie par nos deux agents.

En bas de la rue, Sarah voit qu'un tram est en train de passer sur le quai Ernest Bevin.

Cette fois-ci, la trottinette ne fait aucune folle manœuvre et décide de s'arrêter.

Arthur Nox interpelle le conducteur :

– Bonjour, Monsieur. Je suis l'agent Nox. Il est interdit d'être à deux sur une trottinette. Votre passager doit donc descendre immédiatement.

– Il n’y a jamais personne sur la voie cyclable. Je ne suis pas un risque pour les autres usagers.

– Vous avez failli renverser un vélo tout à l’heure ! Vous avez eu une conduite dangereuse. En plus, vous n’aviez pas de casque, ni l'un ni l'autre. Nous allons donc vous verbaliser.

Arthur et Sarah sont de retour au poste à 9 h 45.

Ils font le rapport de l’intervention à la commissaire, qui est très enthousiaste :

– Félicitations pour votre première intervention ! Je vais vous demander de patrouiller à pied dans la forêt de Robertsau dans une heure.

Arthur et Sarah profitent de ce délai pour discuter entre eux.

– Vous avez bien vu à temps le passage de la trottinette sur le quai Jacoutot, Arthur. C’est grâce à vous que nous avons pu la rattraper lors du passage du tram sur le quai Ernest Bevin.

– Je n’ai fait que mon devoir de policier, Sarah. Lors de notre première discussion, nous n’avons vu que des différences sur nos parcours, mais nous devons bien avoir au moins un point en commun.

Je vois que vous n'avez pas d'alliance. Vous n'êtes pas mariée ?

– En fait, je l'ai été, mais j'ai divorcé récemment. Et vous, Arthur ?

– Je suis dans la même situation. Vu que nous allons devoir travailler ensemble, je pense que l'on pourrait se tutoyer, non ?

– D'accord Arthur. Et puis, si un jour on croise par hasard l'auteur Phil Haé et qu'on lui raconte nos missions, il ne comprendrait pas qu'on se se vouvoie !

Les deux agents se mettent à rire.

Arthur Nox et Sarah Yel se rendent à la forêt de Robertsau.

À leur arrivée, ils remarquent une dame qui porte une montre de luxe de la célèbre marque Newport, et qui paraît bien nerveuse en les apercevant.

Sarah s'exclame :

– Police ! Je suis l'officier Yel ! Comment avez-vous acquis votre montre ?

La dame ne répond pas et se met à courir sur l'allée de la digue.

Rapidement, elle croise un cerf qui était en train de manger du frêne. Elle contourne l’animal.

Un peu plus loin, la femme se retrouve face à une famille en train de faire une balade touristique à cheval. Sur sa droite, elle voit une petite passerelle et veut la traverser pour rejoindre l'allée des Trois Sapins, mais au même moment, un pêcheur vient s’installer au bord de l’étang.

La fuyarde voit alors sur sa gauche le sentier de l’île au Loup qu'elle décide d'emprunter.

Arthur prend une initiative :

– On va se séparer. Sarah, tu vas aller sur le sentier et je vais continuer de monter l’allée des Trois Sapins. J’espère que le sentier va rejoindre l’allée à nouveau.

Sarah suit les instructions d’Arthur.

La femme poursuivie passe à côté d'un petit lac rempli de multiples têtards. Elle saute ensuite au-dessus d’une barrière, puis enjambe une racine. Elle est contrainte de tourner autour d’un immense tilleul centenaire en plein milieu du sentier !

Elle se trouve maintenant coincée, avec devant elle la cascade du Kalbsgiessen.

Arthur Nox arrive à sa hauteur tandis que Sarah Yel est juste derrière ! Arthur affiche un large sourire :

– Madame, le sentier vous a fait réaliser un grand détour ! De plus, cette poursuite pourrait être considérée comme un délit de fuite. Si vous voulez que l'on témoigne en votre faveur, nous nous attendons à ce que vous soyez coopérative.

– Écoutez, je n'ai rien à y gagner. Je n'ai pas à justifier comment j'ai obtenu cette montre !

– Vous avez tort. D'une manière ou d'une autre, nous trouverons d'où elle vient.

– C'est bon ! J'ai vu un individu qui venait de la faire tomber sans le remarquer. Je n'ai fait que la ramasser !

– Il y a quelques heures, une dame m'a fait une déposition concernant une montre qui correspond exactement à ce modèle. Je pense que c'est celle-ci et que vous auriez dû la ramener aux objets perdus. Nous vous demandons de nous suivre au commissariat.

Ils rentrent tous les trois au poste. Arthur appelle la dame qu'il a vue ce matin :

– Bonjour Madame. Je suis l'officier Arthur Nox. Nous venons d'arrêter une voleuse qui avait le même modèle de montre que celui que vous vous m'avez décrit. Est-ce que vous pouvez passer au commissariat pour l'identifier ?

– Oui, j'arrive d'ici quinze minutes.

La dame arrive au commissariat. Arthur l'attend à l'accueil. Il sort la montre. Elle reconnaît tout de suite un détail :

– Je vous confirme que c'est bien ma montre. Il y a d'ailleurs les initiales CR qui sont gravées. Elles correspondent aux premières lettres de mon prénom et de celui de mon époux. Je m'appelle Colette et lui René. Je vous remercie vraiment d'avoir trouvé cette montre. Elle a une valeur sentimentale très importante. René me l'a offerte pour nos dix ans de mariage. Nous fêterons d'ailleurs nos vingt ans d'union dans une semaine.

– Malheureusement, je ne peux pas vous donner la montre aujourd'hui puisque c'est une pièce à conviction, mais je vais parler de cet événement à ma supérieure.

Sarah invite Arthur pour le déjeuner. Ils dégustent un succulent Kouglof qu'elle avait préparé.

Le 11 avril 2023

À 10 h, la commissaire, Louise Dum arrive à toute allure dans le bureau de Sarah Yel et d'Arthur Nox.

Elle leur montre la lettre anonyme qui est arrivée le matin même, et leur en lit le contenu :

« Madame la commissaire, je viens de sortir de taule après avoir croupi pendant dix ans dans une cellule pourrie. Tout ça à cause de cette Sarah Yel, votre flic qui est toujours derrière moi. Je suis enfin libre. Je vais me venger d'elle ! Je vais en profiter pour m'en prendre à Bernard aujourd'hui à 11 h 30 ».

Sarah Yel est stupéfaite :

– Je n'ai pas de Bernard dans mon entourage. Je ne sais pas de qui il parle.

Arthur Nox évoque une piste :

– Je vais consulter la liste des personnes qui sont sorties de prison depuis un mois et je vais voir si l'une d'elles a un Bernard parmi ses proches.

– Allez-y, Arthur. J'espère que vous allez nous trouver un nom.

Arthur s'exécute aussitôt et réalise une recherche minutieuse dans la base de données de la police.

Au bout d'une heure, il donne le résultat des investigations :

– J'ai repéré trois prisonniers qui ont effectué chacun dix ans de prison et qui ont été libérés très récemment. Cependant, je n'ai trouvé aucune trace d'un certain Bernard qui aurait pu être mentionné dans leurs dossiers respectifs.

La commissaire s'impatiente :

– On ne va pas avoir le temps d'interroger les trois individus. Je vous laisse dix minutes pour me faire une proposition. Je vous attends dans mon bureau.

Au bout de cinq minutes, Sarah interpelle Arthur :

– On ne suit peut-être pas la bonne piste.

– Tu as une autre idée ? demande Arthur.

– Ce gars-là, il a eu dix bonnes années pour préparer cette lettre, reprend Sarah. Il savait pertinemment qu'on allait d'abord chercher une personne qui s'appelle Bernard.

– Et alors, je ne te suis pas ! s'exclame Arthur.

– Nous ne devons pas forcément chercher quelqu'un qui s'appelle Bernard, dit Sarah.

– Si Bernard n'est pas un homme, qu'est-ce que ça peut bien être ? demande Arthur.

– Je pense que c'est un commerce. Le gars vient de sortir de prison pour une lourde peine, et il veut se refaire de l'argent rapidement.

– Ce que tu dis est plausible ! Nous allons faire cette proposition à la commissaire.

Après avoir entendu Sarah et consulté l'annuaire sur son smartphone, la commissaire donne les instructions :

– Nous avons deux commerces Bernard dans notre ville : il y a l'épicerie au 8, rue du Dôme, et un traiteur au 15, rue du 22 Novembre. Je vais donc mobiliser deux équipes. Vous, l'unité Speed 11, vous irez à l'épicerie tandis que l'unité Speed 10 se rendra chez le traiteur. Vous communiquerez ensemble en appuyant sur le canal trois du talkie-walkie embarqué dans vos voitures respectives. Sarah, vous mettrez une perruque rousse pour l'intervention afin de préserver votre identité. Comme la lettre anonyme vous était adressée, je pense que l'individu vous connaît. C'est vous qui l'aviez sans doute arrêté. C'est peut être un piège ! Tenez-vous sur vos gardes ! Allez, il est temps de prendre votre Renault de fonction. Je souhaite que vous soyez sur place dès 11h.

Les agents partent ensemble après avoir vérifié que leurs talkies-walkies sont sur la même fréquence.

À 11h pile, les deux équipes viennent de se garer discrètement à quelques mètres de leurs adresses respectives.

Les minutes passent sans encombre et il est maintenant 11 h 45.

Sarah appuie sur la fréquence 3 pour faire un point avec Speed 10 :

– Ici, l'officier Yel. Nous n'avons rien à signaler sur la rue du Dôme. Et vous, sur la rue du 22 Novembre ?

– Rien d'anormal, Sarah. Nous vous recontactons si la situation change.

Sarah se tourne vers Arthur :

– En tant que policiers, on peut rester en filature un bon moment. Il est possible que ce gars ait annoncé 11 h 30 pour finalement venir plus tard en pensant qu'on aura baissé notre garde.

À midi, Sarah voit un individu sortir furtivement d'une Ford. Elle annonce à voix basse à Arthur :

– Je reconnais l'homme brun qui vient de sortir de la voiture. C'est Dimitri Jil, un gars que je connais bien. Je l'ai arrêté je ne sais pas combien de fois ! Restons bien sur nos gardes.

Le suspect entre dans l'épicerie.

Au bout de quelques minutes, Sarah et Arthur entendent un coup de feu.

Ils sortent alors de leur Renault et se précipitent vers l'épicerie.

Ils pénètrent dans le commerce sans voir de blessés à première vue.

Arthur se dirige vers le comptoir et s'exclame :

– Police ! Personne n'a été touché ?

– Non, le coup de feu, c'était surtout une tentative d'intimidation. Le voyou a pris ma caisse et les clés de ma Peugeot immatriculée AC-11- CD.

– Nous n'avons vu sortir personne. Il est passé par où ?

– Il y a une sortie arrière tout au bout de l'épicerie qui mène sur une ruelle.

– Merci à vous. Nous allons tenter de le rattraper en passant par la rue Brûlée.

Les deux collègues de l'unité Speed 11 quittent l'épicerie et Arthur démarre leur Renault. Pendant qu'il monte la rue du Dôme, Sarah contacte l'équipe Speed 10 pour faire un point sur la situation.

Arthur bifurque à droite sur la rue brûlée, la longe, puis arrive au niveau d'une intersection.

Sarah aperçoit la Peugeot sur le pont de la poste. Elle l'annonce à Arthur qui se trouve à 80 mètres de la voiture.

La Peugeot poursuivie tourne ensuite sur l'avenue de la Marseillaise, suivie de près par Speed 11.

Immédiatement, Arthur appuie de plus belle sur le champignon.

Le voleur grille un feu rouge. Il contraint un camion à freiner en urgence, alors que celui-ci venait de démarrer au feu vert, face à la sortie du Théâtre National.

On entend les freins du camion qui crissent, et finalement le camion arrive à s'arrêter à quelques mètres à peine du fugitif.

Le conducteur du poids lourd en sort aussitôt sans aucun dommage.

Sarah contacte une autre équipe de police pour qu'ils aillent sur place, pendant qu'Arthur passe également au feu rouge, toutes sirènes hurlantes, stoppant ainsi les voitures qui s'écartent sur son passage.

Un coup d’œil au rétro, et elle aperçoit deux voitures de police qui arrivent déjà au carrefour !

La poursuite continue sur le quai Jacques Sturm.

Une Dacia, qui roulait juste devant la Peugeot poursuivie, fait brusquement un créneau pour rentrer chez elle au 10, quai Jacques Sturm.

Cette manœuvre fait ralentir le malfrat qui n’a plus que 30 mètres de marge sur l'équipe Speed 11.

Un peu plus loin, le voleur décide de prendre la rue du général Frère.

Sarah donne une précision à Arthur :

– Je connais bien cette rue. Il y a un long ralentisseur. En empruntant la rue du général de Castelnau, puis l’avenue des Vosges, nous allons faire une très bonne opération.

Arthur suit les instructions de Sarah.

Il est maintenant sur l’avenue des Vosges et, effectivement, la Peugeot n’est pas devant lui.

Sarah voit le fuyard en haut de la rue du général Frère. Elle tire le frein à main, en même temps qu'Arthur freine à fond ! Et leur Renault s’arrête tout juste à l'intersection entre l'avenue des Vosges et la rue du Général Frère.

– Ça, c'est du bon boulot ! s'exclament ensemble les deux coéquipiers.

Le voleur ne peut pas reculer puisque une moto est juste derrière lui. C'est ainsi que l'équipe Speed 11 l'arrête, puis l'amène au commissariat. Après avoir consulté le dossier, Louise Dum confirme bien à Sarah qu'ils viennent de coffrer Dimitri Jil, en possession d'un sac de billets volés.

Ils apprennent par ailleurs avec joie que Colette a pu reprendre sa montre suite à la condamnation de la voleuse.

La journée bien remplie est enfin terminée.

Le soir, Arthur et Sarah décident qu'ils iront voir ensemble le concert Print du 13 avril, dans le cadre du festival Jazzlab.

Chapitre II

Speed 11 en Allemagne

Le 14 avril 2023

Arthur et Sarah quittent ensemble le festival à 2 h du matin.

La commissaire leur a donné la matinée en repos. Ils en profitent pour parler de leurs activités récentes à 11 h 30 :

– Sarah, tu as critiqué mon métier de boulanger, mais tu m'as préparé un délicieux Kouglof dès ma deuxième intervention à Strasbourg.

– Effectivement, j'apprécie beaucoup la pâtisserie. Mon reproche était plutôt dû au fait que je ne trouvais pas que les métiers de boulanger et de policier étaient compatibles. Je trouve cependant que depuis le début de notrc collaboration, tu te débrouilles très bien en intervention.

– On se connaît de plus en plus et c'est très sympa de se voir en dehors du commissariat, ajoute Arthur.

– Au fait, Arthur, dis moi, as-tu apprécié le concert du Jazzlab, où nous sommes allés ensemble ?

– Oui, il était très rythmé, Sarah. J'ai adoré cette belle soirée musicale.

Le 15 avril 2023

Louise Dum reçoit un appel sur le canal 1 de son téléphone.

Elle sait que c'est un appel important :

– Bonjour, Madame Dum. Je suis le commissaire Patrick Ser, d'Essen. Mon collègue de Khel m'a vivement recommandé votre commissariat, suite à des missions que vous avez faites dans le cadre de la collaboration franco-allemande. Je souhaiterais donc mobiliser deux agents de votre commissariat pour assurer la sécurité de la clôture de la foire Techno-Classica Essen qui se termine demain. Ils collaboreraient avec les unités Essen.

– Je vous suggère Sarah Yel et Arthur Nox de l'unité Speed 11. Ils ont déjà résolu sept affaires en cinq jours.

– Vous travaillez avec mon collègue depuis 2017. Il m'a dit que vous avez des équipes qui ont plus d'expérience. Les policiers que vous m'indiquez sont des néophytes pour moi.

– Je comprends votre point de vue, Monsieur le commissaire, mais chacune de nos collaborations s'est très bien passée. Sarah et Arthur s'adaptent rapidement aux diverses missions, et c'est une belle occasion pour eux de faire leurs preuves. Ils aiment les défis.

– Demain, la majorité des 1250 exposants fera partir ses autos en même temps. Notre équipe ne compte que 14 unités. Comment vont-ils gérer cette situation ?

– Je connais le site. Je vous propose qu'ils se mettent à proximité du stand Ferrari. C'est une grande marque qui peut attiser la convoitise.

– J'accepte votre proposition, Madame Dum. Vous pouvez indiquer à votre équipe que je les attends demain à 15 h.

Louise Dum raccroche le téléphone. Elle va dans le bureau de Sarah et d'Arthur pour leur annoncer la nouvelle.

Ils sont enthousiastes sur le fait de représenter le commissariat à Essen.

Arthur donne une précision à Sarah :

– La foire Techno-Classica Essen se déroule au Messe. C'est le parc des expositions d'Essen.

Louise Dum donne une photo de Patrick Ser à l'équipe pour qu'ils le reconnaissent sur place.

Le 16 avril 2023

Sarah et Arthur arrivent au Messe, à 14 h 45 pour le dernier jour d'exposition de la foire.

Ils rejoignent Patrick Ser à quelques mètres du stand Ferrari.

Ils se présentent, puis Patrick Ser leur donne les consignes :

– Vous avez une tenue civile. C'est très bien pour la discrétion. Je vous donne un talkie-walkie pour communiquer avec les autres équipes. Nous sommes le jour de clôture. Je vous demande d'avoir une attention extrême malgré les très belles voitures que vous avez à proximité de vous. Vous serez joignables sur la fréquence 11. Les autres unités ont les fréquences 1 à 10, ainsi que les fréquences 12 à 15. Et moi, je suis sur la fréquence 16.

– Nous vous remercions, Monsieur le commissaire.

À leur arrivée, il y a beaucoup d'affluence, mais les minutes passent sans aucune perturbation.

À 16 h, les exposants commencent à préparer la sortie de leurs voitures. Toutes les allées sont dégagées.

Il est maintenant 16 h 10.

Un individu sort un pétard devant la Ferrari SF 90.

Arthur et Sarah entendent tout de suite le bruit.

L'homme s'adresse soudain d'une voix forte à une personne du stand :

– Donnez-moi la clé de cette voiture, sinon je mets mon prochain pétard dans la vitre de votre bolide.

Elle s'exécute et le voleur démarre en trombe la Ferrari.

Arthur et Sarah rejoignent tout de suite le stand :

– Nous sommes les officiers Yel et Nox de l'unité Speed 11. Nous réquisitionnons votre Ferrari Purosangue pour rattraper le fuyard.

C'est Sarah qui prend le volant. Arthur, lui, se charge d'informer les autres unités.

L'unité Essen 12 leur confirme qu'ils viennent en renfort.
Sarah tourne à droite sur l'AlfredstraBe. Elle aperçoit devant elle la Ferrari SF90 volée.

Les deux véhicules, ainsi que l'unité Essen 12, rejoignent une zone 30. À 45 km/h, ils sont au-dessus de la limite de vitesse.

Ils s'approchent d'un passage piéton. Un usager est en train de traverser avec une poussette !

Le fuyard accélère alors à 55 km/h pour devancer le piéton et semer ses poursuivants. Il passe à un mètre devant le piéton qui a eu une grande frayeur. Sarah a pu également passer en frôlant encore plus près le piéton.

L'unité Essen 12 ne peut pas continuer la poursuite et s'arrête pile au passage pour laisser traverser le piéton.

Les deux Ferrari, la SF90 et la Purosangue, vont sur la gauche pour rejoindre la KrawehlstraBe, puis tournent 120 mètres plus loin, à droite sur la GoethestraBe.

Arthur voit au loin qu'un homme est en train de poser une herse routière de police. Il contacte aussitôt le canal 16 :

– Officier Nox. Nous sommes sur la GoethestraBe. Est-ce que vous avez demandé à une unité de poser une herse sur la route ?

– Non, pas du tout ! Il doit s'agir d'un vol.

Au même moment, l'homme qui a posé la herse sur le bitume lance un pétard sur l'autre côté de la route.

La Ferrari du fuyard change de côté et dépasse la herse, puis se rabat sur la voie de circulation.

Sarah dépasse elle aussi la herse, mais elle voit une Mercedes juste en face. Elle appuie sur le champignon pour atteindre 65 km/h.

Elle arrive à se rabattre avant de toucher la Mercedes.

Le bolide emprunté par le voleur a pris un peu d'avance sur la police et se dirige vers la FriedrichstraBe.

Arthur sort à nouveau le talkie-walkie :

– Officier Nox. Est-ce que vous pouvez bloquer en urgence la BismarckstraBe avec deux véhicules au même endroit dans les deux sens de circulation ?

– Oui, je connais un responsable de Porsche qui a deux voitures actuellement sur cette rue.

Quelques minutes plus tard, en voyant deux Porsche arrêtées sur la route, avec plusieurs policiers armés à côté, la Ferrari SF90 qui était encore sur la BismarckstraBe est contrainte de s'arrêter au niveau du blocage.

Sarah la rejoint.

L'unité Speed 11 arrête le voleur qui sourit :

– Je travaille pour l'homme qui a mis la herse et qui a lancé le pétard sur la GoethestraBe. Il a pu prendre la fuite.

– Quel est son nom ?

– C'est Alem. Il m'a indiqué qu'il avait été arrêté par l'équipe Essen 1 en 2010.

Les deux agents l'amènent au commissariat. Ils font leur rapport à Patrick Ser.

Le commissaire déclare :

– Je suis devenu commissaire en 2013. J'étais dans l'équipe Essen 1 de 2000 à 2012. C'est pendant cette période que j'ai arrêté Alem. Il avait d'abord créé une boîte d'import-export, mais son affaire n'avait pas marché. Il avait donc acheté à l'époque des joueurs de football pour qu'ils perdent volontairement leurs matchs et qu'il récupère son argent.

Arthur et Sarah reçoivent plus tard un appel en début de soirée :

– Vous avez coffré un de mes employés. Je n'ai pu récupérer la Ferrari SF90. Je souhaite avoir en dédommagement la somme de 500 000 €, et ce dès demain matin à 7 h, sinon je liquide le chanteur Len que j'ai pris en otage.

– Laissez-nous entendre sa voix pour vérifier que vous le détenez bien, réplique Sarah.

– Officier, répond le chanteur après un moment, c'est bien moi, j'étais aujourd'hui en concert à Essen pour interpréter mon nouvel album « Fun ».

Arthur intervient :

– Nous ne pouvons pas prendre la décision nous-mêmes. Nous allons faire remonter votre demande à notre commissaire.

Sarah et Arthur font le compte rendu à Patrick Ser.

Cinq minutes plus tard, il informe Speed 11 que leur séjour en Allemagne est prolongé de deux jours. Il leur indique qu'il va contacter en urgence le préfet et qu'il leur donne par ailleurs quartier libre pour la fin de soirée.

Le 17 avril 2023

Arthur et Sarah rejoignent le commissariat dès 6 h 15. Ils vont dans le bureau du commissaire :

– Le préfet m'ordonne de ne pas négocier avec Alem. Il a conscience que l'album « Fun » est numéro 1 des écoutes depuis le début de l'année, mais il n'y aura pas d'exception.

Arthur et Sarah reçoivent un appel à 6 h 52 :

– Le délai est passé. Vous pouvez dire adieu à votre Len !

Sarah se tourne vers Patrick :

– Monsieur le commissaire, j'ai entendu le bruit d'une grue. Nous pouvons peut-être sauver Len !

– Et moi, j'ai entendu la cloche d'une église, ajoute Arthur.

– J'ai reconnu ce beau son, ajoute le commissaire Patrick Ser. C'est la cloche de l'église située près de la mine de charbon de Zollverein. J'habite juste à côté ! Allez- y immédiatement !

Speed 11 se rend à la mine. Le duo remarque rapidement que la grue a déjà attrapé le toit d'une Nissan.

Ils reconnaissent Len qui est endormi sur le siège avant droit.

Alem a, quant à lui, déjà pris la fuite.

Les deux coéquipiers pénètrent dans la grue.

Il y a deux boutons rouges, parmi d'autres boutons.

Arthur et Sarah pensent qu'il faut appuyer sur un de ces deux boutons pour arrêter la machine.

Mais sur lequel ? Ils vont devoir prendre une décision très vite. L'appareil se rapproche en effet dangereusement d'un broyeur !

Sarah donne un premier avis :

– J'opterais pour le bouton rouge de gauche. Il semble plus gros.

– Je dirais plutôt le bouton de droite. Il est mieux placé.

– C'est vrai ! J'espère que ton intuition est la bonne, Arthur ! La grue est à environ deux mètres du broyeur !

Arthur appuie sur le bouton de droite.

La grue s'arrête finalement à un mètre du broyeur.

Arthur et Sarah ouvrent la porte du passager.

Ils sentent du chloroforme.

Ils attrapent chacun une jambe de l'artiste pour le sortir de la Nissan.

Sarah contacte le commissaire :

– Len est évanoui. Est-ce que vous pouvez demander à une équipe de l'amener à l'hôpital pour faire des examens ?

– Oui, l'équipe Essen 5 va arriver pour le prendre en charge.

Essen 5 prend en charge Len huit minutes après.

L'unité Speed 11 reçoit un appel dix minutes plus tard sur le canal 11 :

– Essen 2 pour Speed 11. Une banque vient de se faire braquer. Le voleur a pris un impressionnant butin.

– Il s'agit sans doute de l'individu que nous poursuivons, Essen 2. Nous allons nous déplacer pour interroger le directeur de la banque.

Arthur et Sarah arrivent à la banque. Arthur se dirige vers le guichet en montrant sa plaque :

– Je suis l'officier Nox et je suis accompagné de ma collègue Yel. Nous menons une enquête suite au cambriolage. Est-ce que vous pouvez annoncer notre présence à votre directeur ?

– Oui, je vais vous demander d’attendre quelques minutes.
Quatre minutes plus tard, le directeur arrive au guichet. Arthur l'interroge :

– Est-ce qu’il y a des blessés ?

– Non, le braqueur a menacé de descendre un agent en pointant un pistolet sur son front pour nous demander 500 000 €, mais il n’a pas tiré vu qu’on a été coopératifs.

– Vous aviez une telle somme en coffre ?

– Ah non, bien sûr ! Mais il n’a pas eu le temps de vérifier. Il était trop pressé. De toute façon nous n’avions que 300 000 €.

Les deux policiers quittent la banque et retournent au commissariat.

Ils reçoivent un appel 20 minutes plus tard :

– Vous m'avez fait rater mon premier coup avec ce rapt qui ne m'a rien rapporté. Maintenant, il me manque 200 000 € ! La banque m'a roulé à son tour ! Si je n’ai pas mon argent d’ici 30 minutes, je prends une nouvelle célébrité en otage. Je vous donne rendez-vous devant le Museum Folkwang.

Sarah fait une proposition à Patrick Ser :

– Je vous propose qu'on lui transmette une mallette de faux billets avec de l'encre en-dessous de la première liasse.

– J'espère que vous plaisantez ! On est les représentants de la loi. On ne va pas faire un acte illégal.

– On ne peut pas mettre une nouvelle vie en jeu. Alem s'en est déjà pris à plusieurs personnes.

– Vous avez raison, Sarah. Plus de temps à perdre même si sans doute nous n'échapperons pas à un blâme ! Mais attendez ! J'ai une idée qui va nous faire gagner du temps ! Essen 7 a récemment arrêté un trafiquant de faux billets. Je vais lui proposer de témoigner en sa faveur en échange des billets qu'il a cachés et dont il ne voulait pas divulguer la cachette.

Patrick Ser apporte la mallette de faux billets quinze minutes plus tard. Il donne les directives :

– Sarah, vous allez donner la mallette. Vous serez accompagnée par Francis qui fait partie d'Essen 7. Arthur, vous serez en filature dans l'espace de chargement d'un camion. Sarah appuiera sur le canal 11 du talkie-walkie pour vous demander d'intervenir.

Les agents arrivent au muséum Folkwang.

Alem aperçoit Sarah et Francis :

– Vous avez été raisonnable. Vous avez apporté ma mallette. Amenez-la moi !

Sarah s'exécute.

Alem ouvre ensuite la mallette et lève la première liasse de billets. La stratégie de Sarah a fonctionné et le malfrat se retrouve avec de l'encre sur les mains !

Il est surpris et ne voit pas Sarah qui appuie sur le canal 11, ni Arthur qui sort du coffre et lui place les menottes pour l'interpeller.

Les agents interrogent Alem :

– D'abord un vol de herse, puis l'engagement d'un employé pour le vol d'une voiture, suivi d'un braquage de banque ! Vous risquez d'avoir une très lourde peine. On attend une coopération de votre part. Comment avez-vous pu voler une herse de police ?

– Une équipe d’Essen a laissé la porte ouverte sans surveillance quelques minutes pendant la foire. J’ai eu le temps de m’introduire pour voler votre herse.

– Pourquoi avez-vous engagé un employé pour voler une Ferrari ?

– J’ai tout d’abord pensé à cette voiture exposée puisque j’estime qu’elle a une valeur de 500 000 euros. Après l’arrestation de mon employé, j'ai envisagé une nouvelle piste avec le chanteur Len. Je pensais que sa très grande notoriété allait me permettre de récupérer le fric, mais ça n’a pas été le cas.

– Vos deux premières tentatives avaient échoué. Vous pensiez réellement qu’une banque avait une telle somme ?

– Je n’avais pas beaucoup de temps devant moi. Je savais que vous étiez à ma recherche. Je voulais avoir mon pactole pour changer d’identité et commencer une nouvelle vie au soleil sur une île.

Patrick Ser reçoit Arthur et Sarah :

– Tout d’abord, je vous félicite pour avoir arrêté cet Alem. Nous allons néanmoins recevoir un blâme pour cette intervention non conventionnelle.

Vous devrez faire uniquement du contrôle de la circulation pendant une semaine.

Sarah interroge le commissaire :

– Mais nous allons retourner en France demain. Est-ce que la décision sera aussi valable là-bas ?

– Oui, la décision a été transmise à Louise Dum.

Arthur demande des nouvelles du chanteur :

– Est-ce que Len a repris connaissance ?

– Oui, il s'est réveillé dans la voiture pendant le trajet. Il a été très bien accueilli par les fans à l'hôpital.

– Les examens se sont-ils bien passés ?

– Oui, Len n'a pas de séquelles. Il reste juste en observation ce soir, mais il va pouvoir reprendre les concerts dès demain. Len aura un garde du corps.Votre mission ici est finie et je vous remercie de cette coopération si bien réussie.

Le 18 avril 2023

Arthur et Sarah profitent de leur dernier jour en Allemagne pour faire quelques visites.

Ils entament leur journée avec une croisière sur le Baldeneysee.

Ils continuent avec le museum Folkwang.

Puis ils finissent par la cathédrale d'Essen.

Le 26 avril 2023

Les deux agents, après leur retour en France, ont respecté l'instruction du préfet en passant une semaine à ne faire uniquement que le contrôle de la circulation. C'est alors qu'ils reçoivent un coup de fil de Patrick Ser :

– J'espère que votre retour s'est bien passé.

– Oui, même s'il nous tarde de repartir en mission sur le terrain. Mais, dites-nous si Len a repris les concerts.

– Oui, son retour est un grand triomphe. Il fait salle comble à chaque représentation !

Louise Dum convoque ensuite les agents dans son bureau :

– Il est temps pour vous de retourner sur le terrain pour élucider des nouvelles affaires. J'ai apprécié votre très bon travail en Allemagne. Je recommanderai votre équipe lors des nouvelles demandes de mobilisation d'autres commissariats.

– Nous sommes ravis de reprendre nos missions d'investigation, répondent les agents.

– Je vous donne une pile de dossiers qui sont en cours de traitement depuis le 16 avril.

Arthur compte le nombre de dossiers. Il constate ensuite :

– Il y a 25 dossiers. On ne va pas s'ennuyer !

Chapitre III

Fêtes de la Mirabelle

Le 17 août 2023

Arthur Nox et Sarah Yel terminent ensemble leurs trois semaines de congés d'été.

Ils en ont bien profité, et le temps avait été clément.

Avant de reprendre le travail, Arthur invite Sarah pour l'occasion. Il revient sur des événements récents :

– Nous avons vu ensemble le film Fast X, le 20 mai.

– J'ai apprécié ce bon film bourré d'adrénaline avec l'excellent acteur Vin Diesel. C'est d'ailleurs plutôt rare qu'une saga atteigne les dix films !

Et n'oublie pas non plus que nous avons aussi été à Paris le 8 juin pour assister à la foire.

– J'ai trouvé que c'était impressionnant de voir les candidats au concours international Lépine et au concours des start-up.

– Et j'ai adoré quand nous nous sommes déplacés à Lille le 7 juillet pour voir la sixième édition du vidéo making festival.

– Je suis bien d'accord avec toi ! C'est mon meilleur souvenir. Les artistes ont fait preuve d'une grande imagination pour faire voyager visuellement le public... Faudra remettre ça !

Le 18 août 2023

Louise Dum accueille les agents au commissariat à 8 h.

– Bonjour, Sarah et Arthur. J'espère que vous avez passé de bonnes vacances. Je vois que vous avez pris des couleurs.

– Bonjour, Madame la commissaire. En effet, nous nous sommes bien reposés, répondent les agents.

– J'ai eu des nouvelles du chanteur Len que vous avez extirpé d'une dangereuse situation. L'artiste n'arrive plus à remplir les salles depuis le 17 mai. C'est maintenant le chanteur Dil qui a pris la place de numéro 1 des écoutes en Allemagne depuis le 1er mai avec son album « Punch ».

Arthur est surpris :

– Cette baisse de fréquentation est arrivée si vite ! Est-ce qu'il a pris des initiatives pour se relancer ?

– Oui, Len a organisé un concert au Messe d'Essen le 13 juin, mais il n'y a eu que 1 000 spectateurs. Le 2 juillet, le chanteur a ensuite sorti son denier album intitulé « Summer », mais cela a été un échec commercial, malgré une grande campagne publicitaire.

– Ah mince, c'est une situation difficile pour lui !

– Effectivement, Len n'a rien publié sur les réseaux sociaux depuis le 20 juillet, alors qu'il était très actif auparavant. Mais assez parlé de lui. Maintenant il faudrait se remettre au travail !

Les agents consultent les dossiers qui ont été traités pendant leurs trois semaines de congés. Tout est calme jusqu'à ce que la commissaire retourne les voir :

– J'ai eu le commissaire Xavier Gil, de Metz. Il demande deux équipes en renfort pour les fêtes de la Mirabelle qui débutent aujourd'hui. Je vous ai conseillés et il a accepté ma demande.

– Nous sommes très fiers de représenter le commissariat à ces fêtes ! Quelle sera l'autre équipe ?

– Il s'agit de l'équipe Essen 7 avec laquelle vous avez travaillé en Allemagne. Vous partirez demain pour la gare SNCF de Metz. Vous devrez être sur place à 16 h. J'ai envoyé vos photos à Xavier.

Le 19 août 2023

Arthur et Sarah se rendent à la gare SNCF de Strasbourg. Ils prennent le TER qui part à 13 h 49.

Le train passe devant les arrêts Brumath, Saverne, Reding et Morhange, avant d'arriver enfin à Metz à 15 h 16.

Le commissaire Gil les accueille :

– Bienvenue à Metz ! Ainsi c'est vous le fameux duo de l'équipe Speed 11. Je m'appelle Xavier Gil.

Votre commissaire m'a dit beaucoup de bien de votre binôme. Vous allez surveiller la Coco Boum qui débute à 17 h à l'Esplanade, avec l'équipe Mirabelle 1.

Les agents sont à l'Esplanade dès 16 h 40.

Pour le premier jour, des personnes arrivent déguisées en animaux, comme le moustique et la grenouille, la vache et le canard, le lion et l'autruche : c'est une vraie ménagerie !

La Boum commence dans la bonne humeur avec de « l'Electro-disco ».

Les artistes demandent au public de faire une chenille géante.

Les spectateurs s'exécutent avec plaisir.

Une école de musique rejoint ensuite la Boum pour jouer les morceaux qu'ils ont appris pendant l'année.

Les élèves se font ovationner par le public.

C'est maintenant au tour de la fanfare 70's Gang d'interpréter les hits des années 1970.

Les spectateurs apprécient la représentation.

La fanfare quitte la Boum. C'est alors que les équipiers de Speed 11 remarquent un acte suspect et se tournent vers l'équipe de Mirabelle 1 :

– Regardez cet adolescent qui vient de lancer un gros sac, dit Arthur.

– Bien vu, Speed 11 ! Le sac arrive dans les mains d'un individu avec un costume de Joker.

– Vous allez poursuivre le Joker puisque c'est vous qui l'avez repéré, et nous, nous allons suivre l'adolescent.

Arthur et Sarah se mettent à la poursuite de l'adolescent.

Le jeune homme contourne la fontaine et suit le jardin de l'Esplanade. Il court à proximité des tulipes, des marguerites et des pivoines, puis emprunte une allée.

L'adolescent arrive maintenant derrière un groupe de personnes déguisées en léopards.

Le groupe s'écarte pour le laisser passer, mais Sarah et Arthur le suivent toujours.

Le garçon arrive à une exposition de tandems. Il prend son vélo qu'il avait laissé à l'entrée.

Arrivée sur place, Sarah sort sa plaque de police :

– Je suis l'officier Yel. Nous réquisitionnons un tandem avec mon collègue Nox.

Le fuyard bifurque à gauche sur la rue Haute Pierre, suivi par les deux agents.

Au niveau du feu de la rue, un piéton est en train de traverser, alors que le pictogramme du petit bonhomme est rouge.

Le suspect s'approche du piéton qui se retrouve en face de lui.

Il se met en danseuse et passe à sa droite. Les deux policiers suivent de près.

L'individu tourne ensuite à gauche sur la rue du juge Pierre Michel.

Il aperçoit une voiture tombée en panne cent mètres à l'avant.

L'adolescent se déporte alors légèrement sur la voie de gauche et dépasse le véhicule.

Sarah se met à son tour à gauche, mais la portière est en train de s'ouvrir !

Arthur crie :

– Sarah, on va percuter la voiture ! Il faut que l'on se décale davantage sur la voie !

Sarah s'écarte un peu plus et passe tout près de la portière.

Elle peut se rabattre sur la voie de circulation.

Le garçon se dirige à droite sur la rue de la Garde, suivi par nos deux agents.

Un peu plus loin, il arrive sur le Moyen-Pont.

Un pilier de ce pont s'est effondré. Une partie se trouve dans le vide !

Le suspect remarque une remorque plateau qui est placée à quelques mètres du vide.

Il l'utilise comme tremplin, passe au-dessus du vide et atterrit de l'autre coté du pilier, mais il chute du vélo à la fin du saut !

Il est en train de se cramponner avec sa main droite sur le bord de l'autre coté.

Les deux jambes et le bras gauche du jeune homme sont dans le vide !

Sarah et Arthur utilisent également la remorque plateau comme tremplin.

Ils réussissent à passer de l'autre coté et quittent le tandem pour secourir le jeune homme.

Ce dernier vient de lâcher un doigt dans le vide !

Il ne se cramponne plus qu'avec seulement quatre doigts de sa main droite !

L'équipe Speed 11 va-t-elle pouvoir le rattraper ?

Sarah court vers l'adolescent en s'exclamant :

– Tiens bon ! On va t'aider !

Sarah arrive à hauteur de l'adolescent, mais il vient de lâcher un nouveau doigt dans le vide.

Elle attrape son poignet et tente de le remonter sur le pont sans y parvenir.

C'est alors que la situation se dégrade, puisque la policière est en train de glisser à son tour vers le vide, tout en tenant encore le garçon !

Arthur parvient à rattraper Sarah et à la remonter, mais le jeune est encore dans le vide, même s'il est encore tenu par la main de Sarah.

Arthur se tourne alors vers le jeune homme :

– Sois courageux ! Accroche-toi à mon poignet avec ta main gauche !

Le jeune essaie deux fois sans y parvenir, mais la troisième tentative est la bonne. Enfin !

Arthur et Sarah emmènent le jeune homme au commissariat. Il est encore sonné. Un médecin l'examine, puis Sarah commence à l'interroger doucement :

– Quel est ton prénom ?

– Je ne vous le dirai pas.

– Nous venons de te secourir. Peux-tu nous donner le numéro de téléphone de tes parents ?

– Malheureusement, je ne peux pas vous le donner. Je vais vous communiquer le numéro de mon oncle.

Sarah note, puis compose le numéro :

– Bonjour, Monsieur. Je suis l'officier Yel. Nous avons un jeune qui prétend être votre neveu, mais qui ne veut pas se présenter.

– J'ai effectivement un neveu de douze ans. Il est brun et il a des yeux bleus.

– Votre description correspond bien au jeune qui est avec moi. Est-ce que vous pouvez me donner votre identité ?

– Je m’appelle Alain Wer.

– Nous sommes au commissariat de Metz. Est-ce que vous pouvez vous déplacer pour venir nous confirmer que c’est bien votre neveu ?

– Oui, je travaille à Nancy. Le temps de venir, je serai là ce soir vers 18 h.

Le commissaire informe l'équipe de Speed 11 que celle de Mirabelle 1 a été distancée par l'individu déguisé en Joker.

Pendant ce temps-là, quelque part en ville, à 17 h 30, ce dernier peut enfin ouvrir le sac dérobé :

– Mais c'est quoi ? Il n’y a qu’un casque de moto ! Je me suis fait avoir. Je ne peux pas donner ça à mon chef ! Il veut 30 000 euros !

Au commissariat, un homme très inquiet se présente à l’accueil à 18h

– J’ai reçu tout à l’heure un appel de l’officier Yel pour une identification.

– Je vous demande de patienter un peu. Je vais lui dire que vous êtes arrivé.

L’officier Yel arrive avec l’adolescent à l’accueil :

– Est-ce que vous pouvez me montrer votre pièce d'identité ?

– La voici, dit-il en la sortant de son portefeuille.

– Je vous remercie Monsieur Wer. Est-ce que cet adolescent est bien votre neveu ?

– Oui, c'est bien lui. Il s'appelle Hugo Dil.

– Attendez, est-ce que c'est le fils du chanteur vedette de ces derniers temps ?

– Oui, mais vous devez impérativement garder cette information confidentielle.

Hugo est en larmes :

– Je te remercie, tonton, d'être venu. J'ai tellement peur ! Un voyou en déguisement de Joker a d'abord attiré mon père avec une réplique de la Dolorean. Il l'a ensuite enlevé. Il menace de le buter. Comme il m'avait vu avec papa, il savait que j'étais son fils. Il m'a ensuite forcé à prendre et à lui lancer le plus gros sac qu'il a vu dans la foule.

Alain Wer est stupéfait :

– Ce n'est pas possible ! J'espère que mon frère sera libéré rapidement.

– Je vous garantis que nous allons arrêter ce Joker. Hugo, nous allons appeler la brigade de protection de la famille qui va te protéger.

La brigade vient chercher Hugo à 19 h.

Arthur et Sarah donnent les informations à Xavier Gil qui passe aussitôt un coup de fil :

– Allô ? Je suis le commissaire Gil. Est-ce que vous avez reçu un dépôt de plainte pour le vol d'un sac à la Coco Boum ?

– Oui, la personne a perdu son casque de moto.

Le 20 août 2023

Xavier Gil fait un briefing avec les agents à 8 h :

– Il y a cet après-midi à 16 h, une parade nautique sur le plan d'eau avec notamment un concours de kayaks. Il y aura cinq portes à franchir. La personne qui réalisera le meilleur temps gagnera 30 000 €. Vous allez surveiller que le concours se passe bien. C'est une belle somme. La mairie donne l'autorisation à tous de garder les mêmes déguisements pendant les fêtes de la Mirabelle.

Le Joker participera peut-être à la course, vu qu'il n'y avait rien dans le sac dérobé.

L'équipe Speed 11 arrive au plan d'eau à 15 h 40. Arthur remarque immédiatement que certains kayaks ont été troués ! Il se rapproche des organisateurs :

– J'ai vu que des concurrents ne peuvent pas prendre le départ actuellement. Est-ce que vous avez des kayaks de rechange ?

– Non, nous sommes informés du problème depuis deux heures, mais nous n'aurons pas le temps de recevoir des kayaks de rechange.

– Est-ce que vous allez annuler l'épreuve ?

– Non, il y a 20 000 personnes qui attendent de voir cette épreuve. Nous allons proposer un dédommagement de cent euros pour les personnes qui ne peuvent pas concourir.

– Combien de kayaks vont prendre le départ ?

– Il reste 30 kayaks sur les 50 qui étaient inscrits.

– Est-ce que vous pouvez me donner la liste des 30 kayaks qui vont participer?

– Bien sûr !

Arthur et Sarah regardent la liste. Sarah remarque un nom étrange :

– Il y a un kayak JK qui est annoncé pour 16 h 30.

Sarah demande alors aux organisateurs :

– Est-ce que les 30 kayaks qui vont prendre le départ sont déjà sur le plan d'eau ?

– Non, ils ne le sont pas tous. Certains restent en caravane jusqu'au dernier moment.

– Quel est l'intervalle de temps de départ entre chaque kayak ?

– Nous avons fixé un intervalle de deux minutes. Le kayak JK sera donc le quinzième à se lancer.

– Comment les participants vont-ils connaître leur classement après chaque porte ?

– Nous avons envoyé des oreillettes à tous les concurrents, il y a une semaine. Ils auront les quatre temps intermédiaires et le temps final pendant le parcours. Je vais également vous donner une oreillette en tant qu'équipe policière.

Il est 15 h 50. Nos deux agents rejoignent la foule pour assister au départ alors qu'une grosse averse se déclenche !

Il est à présent 16 h.

Les canoës-kayaks s'engagent. Les six premiers tombent tous de leurs canoës-kayaks pendant le parcours ! C'est le septième participant qui établit le premier temps de référence en deux minutes !

Le temps est amélioré avec le douzième participant qui réalise un chrono de 1 minute et 45 secondes !

Les treizièmes et quatorzièmes participants sont derrière avec respectivement 1 minute et 53 secondes et 1 minute et 57 secondes.

Il est 16 h 29. Le quinzième participant se positionne devant le cours d'eau. Sarah se tourne vers Arthur :

– Regarde son visage. Il a le costume de Joker !

– Oui, nous allons perquisitionner un canoë-kayak qui est déjà sur le plan d'eau.

Sarah et Arthur rejoignent le cours d'eau lorsque le Joker prend le départ.

Sarah s'exclame devant le propriétaire du canoë-kayak Mir :

– Police ! Nous réquisitionnons votre embarcation.

Les deux policiers montent à bord et prennent à leur tour le départ !

Le Joker parvient à passer la première porte avec une grande dextérité ! Il établit le 1er passage de référence en 20 secondes ! L'équipe Speed 11 fait un excellent 23 secondes !

Le Joker s'approche de la deuxième porte.

Le vent se met à souffler et fait alors tomber un tronc d'arbre juste devant lui !

Est-ce que le Joker va pouvoir la franchir ?

Cela semble difficile !

Mais le fuyard remarque qu'il y a un petit espace sur la droite du tronc pour franchir la porte.

Il décide de placer son embarcation à droite et réussit de justesse à passer.

Le Joker est toujours le leader provisoire avec un chrono de 45 secondes.

Le vent fait dévier le tronc qui touche fortement l'embarcation Mir de l'équipe Speed 11.

Arthur et Sarah ressentent le choc, mais réussissent à passer la porte avec un temps de 52 secondes.

Le vent joue un tour au canoë-kayak du Joker qui se rapproche dangereusement d'un gros rocher ! Son embarcation risque d'être détruite !

Le Joker s'emploie alors à amplifier son rythme de mouvement des pagaies, mais son canot n'est maintenant qu'à quelques mètres du rocher.

Il lève alors sa rame gauche pour donner un coup sur la paroi du rocher ! Cet acte donne de l'élan au canoë-kayak qui s'éloigne de l'obstacle !

Le fuyard passe la troisième porte avec le 3ème chrono de référence suivi par l'équipe Speed 11.

Le vent et la pluie s'intensifient. Il y a une rafale à 160 km/h .

Les coups de pagaie deviennent plus difficiles.

Sarah se tourne alors vers Arthur :

– Le vent nous fait gagner de la vitesse.

– Oui, nous avons rattrapé une bonne partie de notre retard.

Le Joker se retourne et parvient à maintenir vingt mètres d'avance sur Speed 11.

Les protagonistes franchissent la quatrième porte.

Le vent s'arrête. Cependant, un orage débute alors, et des éclairs commencent de tomber sur le plan d'eau !

Arthur alerte Sarah :

– Il nous reste encore 300 mètres avant la fin du parcours. Il va falloir qu'on reste sur nos gardes.

Les éclairs s'intensifient et touchent violemment une grosse branche.

Sarah sursaute :

– Regarde cette immense branche ! Elle vient de tomber juste devant nous ! Nous allons devoir l'enlever pour ne pas faire chavirer le canoë.

Les deux agents s'exécutent. Pendant ce temps-là, l'embarcation JK du Joker vient de franchir la cinquième porte et de terminer le parcours.

Il n'a pu réaliser qu'un chrono d'une 1 minute et 55 secondes suite aux perturbations de sa barque.

Le Joker court vers les caravanes pendant que les agents poursuivent leur course en avant.

Leur canoë-kayak Mir arrive avec un temps de 2 minutes et 20 secondes.

Les agents de l'équipe Speed 11 foncent vers les caravanes. Arthur montre à Sarah :

– Regarde là-bas ! Je reconnais le Joker qui a volé une moto. Il est déjà à la fin de l'avenue. Il est trop loin ! Nous allons lancer un avis de recherche, puis suivre la fin de la course.

Les deux agents retournent dans le public où ils assistent au nouveau record de temps avec le dernier concurrent qui fait 1 minute et 42 secondes !

Arthur décide d'aller voir les organisateurs :

– Le canoë-kayak JK a réalisé le quatrième temps. Quel est le gain potentiel pour cette place ?

– Attendez, je sors la liste des gains. Je vais vous communiquer le barème pour les cinq premiers : le premier empoche les 30 000 €, le deuxième reçoit 20 000 €, le troisième récolte 10 000 €, le quatrième a 4 000 € et le cinquième a 3 000 €.

– Merci pour cette précision. Le propriétaire du canoë-kayak a pris la fuite. Qu'est-ce qui se passe pour les 4 000 € ?

– Les coureurs peuvent donner une procuration. Nous allons regarder s'il y en a une pour JK.

Les organisateurs épluchent avec rigueur la liste et ne remarquent aucune procuration.

Sarah contacte Xavier Gil pour lui faire un point sur la course des canoës-kayaks.

Elle lui annonce aussi que le Joker est toujours en fuite.

Les organisateurs vont voir ensuite Sarah dix minutes plus tard :

– Le commissaire a joint le maire. Nous avons la directive de vous confier les 4 000 € du quatrième.

Sarah reçoit la mallette. La cérémonie se déroule sans autre incident.

Les agents de l'équipe Speed 11 retournent au commissariat de Metz.

Xavier Gil tourne en rond dans son bureau :

– Nous devons nous attendre à ce que le Joker nous contacte. Il n'a pas pu obtenir les 30 000 € lors de sa première tentative. Le sac dérobé ne contenait qu'un casque et son rapt n'avait servi à rien ! Et aujourd'hui, c'est nous qui avons récolté les 4 000 euros qu'il croyait bien avoir remportés à ce concours de kayaks !

En effet, dix minutes plus tard, le commissaire reçoit une photo sur son portable.

Il y reconnaît le chanteur Dil qui est bâillonné.

Son téléphone sonne aussitôt : c'est le même numéro que celui qui a envoyé la photo qui s'affiche.

Il décroche en actionnant le haut-parleur.

– Je suis le commissaire Gil. Comment avez-vous pu avoir ma ligne directe ?

– Vous devriez mieux surveiller vos équipes. Pour l'obtenir, j'ai donné un pot de vin de 600 euros à un complice qui fait partie d'une équipe Mirabelle du commissariat.

– Je ne vous crois pas, mais j'ai d'autres priorités. J'ai besoin de m'assurer que Dil est bien en vie. Est-ce que vous pouvez me le passer ?

Le Joker passe le téléphone à Dil :

– Il est prêt à tout.Vous devez accepter la demande qu'il va faire.

Le Joker reprend le téléphone :

– Vous savez qu'il est en vie et vous devez suivre mes demandes si vous voulez qu'Hugo garde son père.

– Vous savez que nous ne négocions pas avec les terroristes.

– Écoutez-moi bien. Vous allez me donner mes 50 000 € ! Vous savez que j'aurais dû gagner cette épreuve de kayaks. J'étais le leader incontesté aux passages de la première et de la deuxième porte de cette course. Personne n'aurait pu me dépasser dans les conditions idéales. Si je n'ai pas mon argent, je tire sur les montgolfières qui seront dans le ciel demain.

– Le vainqueur devait recevoir 30 000 €. Pourquoi est-ce que vous demandez 50 000 € ?

– Le temps a nui à mon image. J'estime à 20 000 € le préjudice pour ma perte de chrono et pour ma descente injuste de classement.

– J'attends à ce que vous soyez un peu coopératif. Est-ce que vous pouvez au moins me dire la raison pour laquelle vous étiez présent à la Coco-Boum ?

– J'ai essayé de me mêler à la Boum pour voler le plus gros sac. J'espérais trouver un objet de valeur à vendre pour pouvoir donner le fric à mon chef.

Le Joker raccroche le téléphone. Il envoie un nouveau SMS :

– Je vous demande d’apporter les 50 000 € demain à 18 h 20 sur le plan d’eau, avant le départ des premiers vols des montgolfières. Je vais détruire tout de suite la carte prépayée que j’ai utilisée.

Le commissaire Gil fait un compte-rendu de sa discussion à Arthur Nox et à Sarah Yel.

Arthur prend la parole :

– Ainsi donc ce Joker a un chef au-dessus de lui. Il semble bien coincé et ne peut plus reculer pour lui rapporter de l'argent ! Nous courons un très grand risque. S'il tire bien sur des montgolfières qui sont dans le ciel, elles peuvent tomber sur le sol et faire des victimes. Plusieurs vies sont en jeu !

– Vous avez bien raison, Arthur. Je vais le faire remonter au préfet.

Xavier Gil retourne dans son bureau pour appeler le préfet. Il va ensuite voir les deux agents :

– Nous avons l’accord du préfet. Il va nous amener demain en début d’après-midi les 50 000 € que le Joker demande.

Le 21 août 2023

Un vigile amène les 50 000 € dans une mallette. Il leur annonce une surprise :

– J'ai un berger allemand qui est avec moi. Le préfet a décidé de vous le confier pour l'échange.

– Nous vous remercions. Quel est son nom ?

– Le préfet a décidé de l'appeler Tex.

– Ah d'accord ! Nous voyons la référence. Il a pensé à la série télévisée culte « Rex ».

– Oui, exactement. Tex a un excellent flair et il court très vite.

– Il est très mignon ce chien !

Arthur, Sarah et Tex arrivent devant le cours d'eau à 18 h 15.

Le Joker rit :

– C'est quoi ce toutou ?

– Il vient nous accompagner pour l'échange, répond Sarah.

– Vous avez tenté de me doubler. Je ne suis pas venu seul. J'ai un complice qui est dans la foule. J'ai un micro sur moi. Il vient de vous entendre et il a une fléchette tranquillisante si votre chien bouge.

Tex se met à aboyer. Sarah lui dit :

– Ne bouge pas, Tex. Nous allons lui donner les 50 000 €.

Sarah se rapproche du Joker avec la mallette.

Lorsque Sarah arrive à 70 m du Joker, ce dernier hurle :

– Posez la mallette sur le sol et retournez à côté de votre toutou si vous ne voulez pas que le chien reçoive la fléchette.

Sarah pose la mallette et retourne à coté de Tex et d'Arthur.

Le Joker s'avance pour récupérer la mallette.

Il la lance ensuite vers la gauche de la foule.

Un individu saute en l'air pour la récupérer.

Le Joker sourit. Arthur se tourne vers Tex :

– Je pense qu'il s'agit du complice. Cours, Tex !

Tex se met à la poursuite de l'homme qui a réceptionné la valise.

Pendant ce temps-là, le Joker s'approche d'une montgolfière qui vient juste de décoller.

Il saute alors dans la nacelle et évince le pilote.

Sarah remarque qu'une autre montgolfière va s'envoler. Elle s'exclame :

– Officer Yel, nous réquisitionnons votre appareil avec mon collègue Nox. Malheureusement, vous ne pouvez pas monter avec nous car c'est une opération de police. Mais rassurez-vous, j'ai déjà manié des montgolfières !

– D'accord !

Arthur et Sarah sont à présent dans les airs.

Le Joker appuie très fort sur le brûleur. Une grande quantité de gaz s'échappe alors de la montgolfière.

L'appareil du fuyard gagne rapidement de l'altitude. Il regarde la montgolfière des policiers :

– J'ai pris beaucoup d'avance. Vous ne me rattraperez pas !

Sarah regarde son altimètre qui affiche 300 mètres.

Le fuyard est maintenant à 700 mètres d'altitude. Il commence à s'agiter dans sa nacelle. Son brûleur ne produit plus de flamme.

– Je dois continuer à monter. Il doit bien y avoir une réserve de gaz quelque part ! Ou une poche de lest à lâcher pour monter plus haut !!

Le Joker s'accroupit pour rechercher dans tous les coins.

Il ne regarde plus en l'air et sa montgolfière commence à perdre de l'altitude.

Les agents de l'équipe Speed 11 sont pour leur part à 500 mètres d'altitude. Sarah utilise une partie de la réserve de gaz, mais avec parcimonie car il en faut encore pour la suite du vol.

Le Joker n'a rien trouvé et son appareil continue sa chute !

La montgolfière percute alors un câble électrique qui la fait dévier sur un arbre où elle se prend violemment dans les branches.

L'individu perd connaissance suite au choc de l'impact.

Arthur et Sarah arrivent à la hauteur du Joker.

Arthur s'est harnaché à une corde dont l'un des bouts est tenu par Sarah.

Il lance le second bout de la corde, à laquelle il a noué un sac de lest, sur l'autre montgolfière.

Avec le poids du lest, la corde atterrit dans la nacelle, se coince dans un coin et ne bouge plus.

Sarah tient la corde pendant qu'Arthur, qui s'est harnaché comme s'il faisait de l'escalade, atterrit dans l'autre montgolfière, et ramène le Joker inconscient !

Sarah effectue ensuite la descente de la montgolfière.

Arthur, Sarah et le Joker atterrissent.

Tex les attend.

Il n'a pas rattrapé sa proie, mais il a ramené un bout de tissu arraché au pantalon de celui qu'il poursuivait.

Sarah le caresse :

– Tu es un bon chien ! Nous avons le Joker et tu as l'odeur de son complice qui va nous être précieuse pour la suite de l'enquête.

Les agents de l'équipe Speed 11, Tex et le Joker rentrent au commissariat.

Le Joker leur déclare :

– Je ne ferai jamais aucune révélation concernant mon chef.

– Vous allez être placé en garde à vue, réplique Arthur.

La journée est enfin finie. Tout le monde rentre. Arthur écoute de la musique pour se détendre et Sarah, de son côté, joue à « Rayman Legends ».

Le 2 septembre 2023

Arthur Nox et Sarah Yel se dirigent vers la cellule du Joker.

Sarah prend la parole :

– Avec mon collègue Nox, nous sommes surpris d'un événement. L'enlèvement du chanteur Dil a profité aux ventes d'un autre artiste.

– Ah bon ? s'étonne le Joker.

– En fait, le chanteur Len, qui n'avait pas donné de nouvelles depuis plus d'un mois, a publié un petit extrait souvenir de son album « Fun » sur les réseaux sociaux le 23 août.

– Je ne comprends pas. Comment est-ce qu'un simple extrait a pu lui être bénéfique ?

– Il a été partagé en masse par les fans. L'album a eu un regain d'intérêt auprès du public et Len a vendu 110 000 exemplaires en 11 jours. Cela lui fait une belle somme ! Et il est parti se reposer dans un coin secret !

– Ah mince ! C'est pas vrai ! J'ai une importante révélation à vous faire. Tant pis pour lui ! Mon chef, c'est le chanteur Len. Après que le public ait déserté ses concerts, il ne supportait plus que le chanteur Dil lui vole la vedette. Il m'avait dit qu'il voulait recueillir la somme de 30 000 € pour financer une partie de son nouvel album qu'il prévoyait de sortir pour novembre.

Arthur dit alors :

– Et oui ! Len n'a pas été totalement honnête avec vous. Il a profité dès maintenant de l'enlèvement de Dil pour faire un retour triomphal auprès du public.

– Oui, je n'étais pas au courant de cette partie de son projet. Je vous ai fait des aveux car je pense qu'il ne va plus avoir besoin de moi. On devait partager ! Je vois qu'il m'a doublé !

– Est-ce que vous connaissez l'adresse de l'artiste ?

– Ah non ! Mon rôle était de donner la mallette à un autre complice qui a une maison au 3, avenue de Blida.

Arthur et Sarah se rendent dans le bureau du commissaire Gil :

– Nous avions sauvé la vie du chanteur Len à Essen, mais cette fois c'est lui qui a monté à son tour un enlèvement concernant le chanteur Dil ! Cette histoire est incroyable ! En attendant, nous avons l'adresse d' un autre complice du Joker.

– Vous allez faire une perquisition avec Tex.

Les trois policiers arrivent sur place. Sarah sonne, mais personne n'ouvre la porte.

Tex utilise alors son odorat et se met à courir vers la maison qui se situe juste en face.

Le chien aboie. Arthur vient taper à la porte.

Un homme ouvre. Il ne s'attendait pas à cette visite. Il semble embarrassé, tout rouge : c'est bien le complice recherché !

Il se met à courir à l'intérieur de la maison.

Le voyou fait d'abord tomber une étagère qui se situe sur sa gauche, mais Tex saute par-dessus le meuble, suivi par les deux policiers.

Un peu plus loin, Sarah remarque une table.

Elle s'exclame :

– Tex ! saute sur la table !

Le chien s'exécute.

Un premier saut lui fait rattraper le voyou.

Puis Tex effectue un deuxième saut vers la droite, là où se dirigeait le malfrat, le plaquant ainsi immédiatement au sol !

Sarah et Arthur interpellent le fuyard :

– Nous avons fini par vous retrouver grâce à la coopération du Joker. Nous savons que vous travaillez pour Len. Est-ce que vous pouvez nous dire l'endroit où il se trouve ?

– Oui, pas de problème ! Vous ne l'attraperez pas de sitôt ! Il a pris un avion pour l'Australie !

– Nous allons lancer tout de suite un mandat d'arrêt international. En attendant, est-ce que vous savez si Len avait un domicile en France ?

– Oui, il avait une résidence secondaire au 3, allée Saint Médard.

Les trois collègues arrivent à la résidence.

La maison est fermée. Sarah utilise un pied de biche pour forcer l'ouverture.

Elle s'affole en regardant Arthur :

– Le rez-de-chaussée est vide ! Il n'y a plus aucun meuble sauf un tabouret !

– Oui, c'est incroyable. Il a pris le temps de tout enlever, mais nous allons voir si nous trouvons quelque chose à l'étage.

Sarah, Arthur et Tex grimpent les escaliers.

La poisse poursuit l'équipe. Il n'y a plus rien.

Tex s'arrête en plein milieu de salle. Il aboie fortement en regardant vers le haut.

Sarah se tourne vers Arthur :

– Regarde Arthur ! Il semble y avoir une sorte de trappe au-dessus de Tex ! C'est peut être une entrée qui mène à un grenier.

– Oui, je vais rester ici avec Tex. Tu peux aller chercher le tabouret en bas.

Elle s'exécute et rejoint ensuite Arthur et Tex à l'étage.

Sarah monte sur le tabouret et ouvre l'accès au grenier.

Sarah rentre à l'intérieur mais il y a beaucoup de poussière. Elle éternue, puis elle s 'écrie :

– Arthur, viens voir qui est là !

Celui-ci monte à son tour.

Tous deux viennent de trouver le chanteur Dil qui était bâillonné, et ils le délivrent.

Sarah appelle Xavier Gil qui lui répond :

– Très bon travail ! Je vous ai pris une photo du Joker de Batman avant votre retour à Strasbourg !

Chapitre IV

Le marché de Noël

Le 30 novembre 2023

Arthur Nox et Sarah Yel profitent de leur matinée de repos pour récapituler les sorties effectuées ensemble :

– Sarah, tu te rappelles cette finale spectaculaire du championnat d'Europe de volley-ball, à Bruxelles le 3 septembre ?

– Oui, il y a eu beaucoup de suspense. La Turquie a rapidement mené deux sets à zéro, puis la Serbie a gagné les deux sets suivants... commence-t-elle

– Et au final, tout s'est réellement joué lors de l'épique cinquième set que la Turquie a remporté 15 points à 13 ! On aime vraiment beaucoup ce sport ! finit Arthur en riant.

– Bien vrai ! Mais attend, ce n'est pas tout ! Moi, j'ai beaucoup apprécié notre déplacement à Colmar le 2 octobre pour voir la très belle initiative de la commune. Tu te souviens ?

– Oh oui ! La statue de la liberté de cette ville avait été parée de rose pour montrer le soutien de la ville dans la lutte contre le cancer du sein.

– C'était très émouvant !... Oh ! Tu as vu l'heure! On mange ensemble avant de reprendre le travail ?

– Avec grand plaisir, partenaire !

Après un repas joyeux, l'équipe Speed 11 rejoint ensuite le commissariat pour l'après-midi.

La commissaire Louise Dum convoque les agents dans son bureau :

– La police australienne n'a toujours pas arrêté le chanteur Len depuis fin août. Demain, ce sera le début du mois de décembre et nous devons être très vigilants face à des individus comme Len qui voudraient nuire au marché de Noël. C'est pour cela que je vous confie la mission de faire un repérage demain à partir de 15 h.Vous irez faire un tour dans les marchés de la place Broglie, de la place Kléber, puis au marché des irréductibles petits producteurs d'Alsace, puis vous terminerez à la cathédrale de Starsbourg.

Le 1er décembre 2023

Les agents arrivent au commissariat à 8 h 30. Louise Dum leur annonce :

– L'organisateur du festival m'a contactée pour demander à notre commissariat de préparer deux événements.

– Lesquels ? demande Arthur.

– Le 1er événement est une tradition. Du 1er au 24 décembre, 24 métiers de la ville sont choisis pour que des représentants de leur choix viennent chanter deux chansons de Noël à la place Kléber. Le préfet vous a sélectionnés pour nous représenter aujourd'hui. Vous aurez la représentation à 16 h 15. Vous avez toute la matinée pour vous entraîner ! Puis, ce sera au tour des pompiers, demain.

– Je connais cette tradition mais je n'avais pas encore eu l'honneur de représenter la police, s'enthousiasme Sarah.

– Le deuxième événement est une nouveauté. La commune a décidé d'installer une roue de Noël. Il faudra la faire tourner pour faire gagner des lots. C'est Sarah qui sera chargée de la faire tourner aujourd'hui à 16 h 25, puis ce sera Arthur qui le fera demain à 11 h 30.

Arthur et Sarah se concertent pour choisir chacun leur chanson de Noël.

Ils la choisissent à 10 h et font des répétitions pour leur passage de 16 h 15.

L'équipe Speed 11 quitte le commissariat à 14 h.

Il y a des bouchons sur la route, mais les agents arrivent bien à la place Broglie à 15 h.

Ils aperçoivent en premier des stands avec des nombreuses figurines de crèche.

Ils découvrent ensuite de jolies petits trains en pain d'épices.

Sarah décide d'en acheter un avec des souris pour l'offrir à Arthur.

Il est ravi du cadeau :

– J'adore ce train ! Il est magnifique ! Je vais le placer sur ma table.

Un peu plus loin, ils passent devant des vendeurs qui proposent des calendriers de l'Avent en forme d'arbre. Ils terminent ce marché en voyant des brochettes de fruits au chocolat qui leur mettent l'eau à la bouche. Mais pas de temps à perdre !

Arthur et Sarah rejoignent la place Kléber pour assister à l'illumination du grand sapin.

Ils applaudissent avec enthousiasme cet instant.

Un animateur prend ensuite le micro :

– Vous venez tous de vivre un joli instant féerique. Le moment est maintenant venu de participer à notre belle tradition. Je vous demande d'accueillir à présent les policiers Nox et Yel qui vont rejoindre l'estrade pour chanter deux chansons de Noël.

Sous les nombreuses acclamations du public, les deux compères, un peu émus, montent sur scène.

Arthur prend le micro :

– Bonjour Mesdames, Messieurs. Je vais débuter par un extrait de « Vive le vent » :

« Oh ! Vive le vent, vive le vent,

Vive le vent d'hiver

Qui s'en va, sifflant, soufflant

Dans les grands sapins verts.

Oh ! Vive le temps, vive le temps,

Vive le temps d'hiver

Qui rapporte aux vieux enfants

Leurs souvenirs d'hier . »

Le public est sous le charme et applaudit beaucoup.

Arthur passe le micro à Sarah :

– Mon collègue a choisi la carte de la nostalgie. J'ai également fait ce choix avec cet extrait de « Petit Papa Noël »:

« Petit Papa Noël

Quand tu descendras du ciel

Avec des jouets par milliers

N'oublie pas mon petit soulier.

Le marchand de sable est passé

Les enfants vont faire dodo

Et tu vas pouvoir commencer

Avec ta hotte sur le dos

Au son des cloches des églises

Ta distribution des surprises. »

Le public ovationne à tout rompre les deux collègues.

L'animateur reprend le micro :

– Sarah, nous venons d'installer une roue de la chance juste devant le grand sapin. Je vous laisse prendre place pour lancer le premier tour de roue. Et il y a des cadeaux à gagner!

Sarah arrive devant la roue. L'animateur annonce :

– C'est la grande première pour cet événement. Vous avez tous eu chacun un numéro qui vous a été remis lorsque vous êtes entrés dans l'enceinte de notre merveilleux marché de Noël ! J'en tire un au sort... Bonne chance à toutes et à tous... C'est le numéro 24 ! Oh, c'est là devant ! Je vois qu'il s'agit une famille de quatre personnes. Approchez-vous ! C'est pour vous que Sarah va tourner la roue.

L'animateur passe le micro à Sarah :

– Je viens de découvrir les cadeaux à gagner. Vous allez avoir la possibilité de gagner :

* Un sac

* Une visite gourmande knack & pucksack

* 4 billets coupe-file pour Disneyland Paris

* 4 billets pour le musée alsacien

* Un séjour d'une semaine en Guadeloupe.

* Et pour finir, un bon d'achat de 50 € pour le marché de Noël.

Tout le monde applaudit.

– Alors, êtes-vous prêts ? reprend Sarah, sous les encouragements de la foule.

Sarah lance fort la roue qui fait plusieurs tours en passant devant les six cadeaux.

Elle commence à ralentir.

Sarah annonce :

– Encore un petit effort ! La roue doit continuer de tourner ! Elle est actuellement devant le sac !

La roue poursuit lentement son tour et s'arrête finalement devant un autre cadeau.

Sarah clame, toute heureuse:

– Vous avez remporté quatre billets coupe-file pour Disneyland Paris ! Félicitations à vous ! Vous allez voir le parc d'attractions de Mickey ! Vous avez bien de la chance ! Vous ne serez pas déçus de rencontrer tous les personnages emblématiques.

Sarah rend le micro à l'animateur.

La famille est ravie et les enfants émus, riant et pleurant à la fois, reçoivent les fameux sésames sous les bravos de la foule.

Sarah rejoint Arthur.

Ils reprennent leur tour en passant devant des beaux bibelots, puis devant des splendides figurines de Noël.

Ils rejoignent ensuite l'espace des cabanes des associations avec notamment celles qui défendent la cause animale, et celles qui agissent pour des causes humanitaires.

L'équipe Speed 11 se rend ensuite au square Louise Weiss pour explorer le marché des irréductibles petits producteurs d'Alsace.

Ils dégustent le foie gras d'Alsace, les confitures artisanales du Climont et les délicieux bretzels.

Arthur et Sarah terminent par la cathédrale avec des cabanons qui proposent des pommes d'amour, de la barbe à papa et du vin chaud.

Ils entendent les rires éblouis des enfants quand arrive celui que tous attendaient : le Père Noël !

Celui-ci, tout joyeux, s'exclame :

– Oh, oh, oh ! Les enfants montez sur mes genoux pour que vos parents puissent prendre une photo. S'ils me disent que vous avez été sages, vous pourrez repartir avec un poster de Noël, en attendant ma visite chez vous avec tous mes cadeaux.

Les familles prennent joyeusement les photos et les enfants brandissent, avec un large sourire, leurs posters.

Arthur fait une proposition à Sarah :

– Est-ce que je peux t'inviter ce soir pour que l'on ouvre la première case de notre calendrier de l'Avent ?

– Oui, ce sera un plaisir de partager ce moment.

Arthur et Sarah se retrouvent le soir pour ouvrir leurs calendriers individuels.

Sarah débute avec le calendrier Pukka :

– J'ai eu un sachet citron gingembre et miel de manuka bio. Et toi, qu'est-ce que tu as dans le calendrier tout chocolat ?

– Je suis tombé sur l'ourson guimauve au chocolat au lait. J'adore!

– Je te propose de te recevoir demain à 9 h 30 pour ouvrir notre deuxième case du calendrier de l'Avent.

– Merci de ta proposition. À demain !

Le 2 décembre 2023

Arthur et Sarah se retrouvent le matin.

Sarah dit :

– Hier, tu m'as invitée et tu m'as laissée ouvrir le calendrier en premier. Aujourd'hui, c'est à toi de débuter.

– Je viens juste d'avoir un petit calisson chocolat noisette. Il est délicieux ! Et toi, quel sachet as-tu eu ?

– J'ai eu le thé vert suprême et matcha bio.

Les agents se rendent ensuite à la place Broglie à 10 h. Nous sommes le samedi matin et il y a encore plus de monde que la veille !

Les agents arrivent finalement à la place Kléber à 11 h 25.

Arthur se rapproche de l'animateur.

Il est maintenant 11 h 30. L'animateur prend le micro devant la roue :

– Nous allons faire notre deuxième tour de roue avec Arthur. Il y a six cadeaux en jeu ! Je tire un numéro au sort... Bonne chance à toutes et à tous... C'est le numéro 58 ! Oh, c'est au deuxième rang ! Je vois qu'il s'agit une famille de cinq personnes. Approchez-vous ! C'est pour vous qu'il va tourner la roue.

Tout le monde applaudit.

– Alors, êtes-vous prêts ? reprend Arthur, sous les encouragements de la foule.

Arthur lance fort la roue qui fait plusieurs tours en passant devant les six cadeaux.

Elle commence à ralentir.

Arthur annonce :

– Allez ! Je ne peux pas faire gagner un cadeau moins important que celui de ma collègue ! Nous sommes actuellement devant le bon d'achat de 50 euros pour le marché de Noël !

La roue poursuit lentement son tour et s'arrête finalement devant un autre cadeau.

Arthur annonce avec joie :

– Vous avez remporté le séjour d'une semaine en Guadeloupe! Félicitations à vous ! Vous allez voir l'île Papillon.

La famille est ravie du cadeau.

Arthur et Sarah sont contactés par talkie-walkie :

– Officier Durand de l'équipe Speed 4 à Speed 11. Je signale la présence du chanteur Len devant un cabanon qui vend des barbes à papa à la cathédrale. Il est en train d'interpréter sa chanson Fun.

– Nous venons tout de suite !

Arthur et Sarah s'approchent du stand. Le public est nombreux. Les policiers utilisent leurs sifflets.

Les spectateurs s'affolent et se bousculent. Len se faufile dans la foule suivi par les deux collègues.

Il s'approche d'un stand de vin chaud. Il prend une bouteille qui est sur le bord du stand et la fait tomber sur le sol. Les policiers sautent par-dessus la flaque.

Len est maintenant devant un stand de vente de pommes d'amour.

Il attrape et jette très rapidement plusieurs pommes. Sarah n'a pas vu le geste et commence à glisser.

Arthur agrippe à temps les poignets de sa collègue pour l'empêcher de tomber.

Len a pris un peu d'avance et vient de quitter le marché de Noël.

Il se place au milieu de la voie de circulation.

À cet instant, un grand camion qui vient de tourner à droite se retrouve à quelques mètres du fuyard !

Sarah et Arthur utilisent à nouveau leurs sifflets.

De nombreux touristes, qui ont reconnu le célèbre chanteur, prennent place devant les policiers qui ne peuvent plus continuer leur poursuite.

Pendant ce temps-là, surpris par le piéton qui vient de surgir devant son camion, le conducteur freine à fond et arrête ainsi à temps son véhicule !

Il ouvre ensuite sa vitre :

– Eh, mais je vous reconnais ! Vous êtes mon chanteur préféré ! Je suis ravi de vous voir, Len ! Est-ce que je peux vous aider ?

– Oui justement, j'ai besoin d'un camion pour semer les flics de derrière. Je vous donne les mille euros que j'ai là !

– Je ne peux pas accepter votre proposition. Je ne veux pas perdre mon emploi.

– Je vous bute si nous vous ne me laissez pas votre véhicule !

Le conducteur descend du camion.

Arthur se tourne vers les touristes :

– Je vais vous décevoir, mais Len n'est plus un chanteur honnête. Il avait fait enlever un autre chanteur cet été. Vous devez nous laisser passer pour qu'on interroge le chauffeur.

Les touristes s'écartent. Les policiers rejoignent le chauffeur :

– Nous poursuivions le chanteur pour l'arrêter. Est-ce qu'il vous a menacé ?

– Oui, il a menacé de me tuer.

– Qu'est-ce que vous transportiez dans le camion ?

– J'avais des guirlandes et des figurines de crèche pour le marché.

– Nous n'avons pas eu le temps de noter la plaque d'immatriculation. Est-ce que vous pouvez nous la donner ?

– Je pense que vous n'aurez pas besoin de la plaque. Ma société a laissé un boîtier dans la boite à gants pour suivre le trajet du camion. Au départ, c'était pour s'assurer que la livraison se passe bien, mais on va l'utiliser pour le localiser.

– Bonne idée ! Nous restons là pour le coup de fil.

Le conducteur contacte sa société :

– Bonjour. Je vous appelle pour vous prévenir que le chanteur Len a pris le camion devant le marché de Noël. Je suis avec les policiers. Est-ce que vous pouvez le localiser ?

– Oui, nous vous dirons son endroit d'ici deux minutes !

La société rappelle :

– Notre camion est actuellement sur l'autoroute M35, mais n'avance pas vite. Celle-ci doit être bondée vu que c'est bientôt l'heure du déjeuner !

– Je vais donner mon portable aux policiers afin que vous soyez directement en contact avec eux.

Sarah prend le téléphone et Arthur réquisitionne une voiture qui vient de se garer.

Le conducteur lui donne les clés et téléphone aussitôt à sa famille pour la prévenir.

Arthur démarre la voiture. Sarah lui transmet les premières instructions. Il faut d'abord bifurquer à gauche, puis à droite au niveau de la rue suivante.

Pendant ce temps-là, Sarah a activé le haut parleur et ils peuvent désormais se concentrer sur la route. Maintenant, leur interlocuteur leur indique qu'il faut emprunter l'autoroute, et Arthur se glisse dans la voie d'insertion.

Arthur reconnaît le camion sur la voie du milieu mais l'autoroute est bloquée. Il ne peut pas s'insérer !

Arthur analyse rapidement la situation :

– Un premier poids lourd est devant dans la même voie. Il y a une échelle à l'arrière. Sur la voie du milieu, il y a au même niveau le deuxième poids lourd et Len se trouve juste devant ce véhicule.

– Je vois qu'il y a une échelle à l'arrière du premier poids lourd. Je vais essayer de grimper pour atteindre le toit ouvrant, et sauter sur le deuxième poids lourd, dit Sarah.

– Hélas, je ne vois malheureusement pas d'autres solutions. Sois prudente, Sarah !

Arthur ouvre le toit de la voiture.

Sarah détache sa ceinture. Elle monte sur le toit, puis descend sur le pare-choc avant.

Sarah voit l'échelle juste devant elle. La policière saute et l'attrape avec sa main droite. Elle y grimpe prudemment.

L'officière arrive à présent sur le toit du premier camion. Len n'a vu aucune manœuvre pour l'instant.

Elle se couche et avance en rampant pour être plus discrète.

Sarah atteint le bord avant du toit et se lève pour sauter sur le deuxième camion.

La policière saute rapidement sur le toit du camion de Len !

Len entend l'atterrissage de Sarah.

Il réfléchit rapidement :

« J’ai la flic sur mon toit et son collègue me poursuit dans l’autre file. Je ne peux pas le distancer avec mon camion. Il va arriver à ma hauteur d’ici quelques minutes. Je dois tenter de zigzaguer pour faire tomber sa collègue qui est sur le toit de mon camion. »

Len n’arrive pas à effectuer sa manœuvre à cause de la circulation. Pendant ce temps, Sarah arrive à s’agripper à une poignée qu’il y a sur le toit du camion.

Au même moment, Arthur se place sur la bande d’arrêt d’urgence.

Quand, soudain, une épaisse nappe de brouillard enveloppe toute la chaussée.

On ne voit plus rien devant soi, ni même autour !

Tous les conducteurs arrêtent leurs véhicules, surpris par ce changement de temps si inattendu.

Le camion du fuyard est donc coincé de toutes parts.

Dans ce brouillard si épais, Arthur ne voit plus Sarah !

Pourvu qu'il ne lui soit rien arrivé !

C'est le moment d'agir ! Bien qu'il ne voie qu'à peine le camion, il n'hésite pas.

Il sort de sa voiture, puis il court très vite vers le camion. Il ouvre avec force la portière avant du passager.

Sarah est déjà là, près de Len ! Elle avait réussi à ouvrir l'autre portière dès que le chanteur n'avait plus eu d'autre choix que de s'arrêter.

Len ne peut désormais plus fuir et doit placer à son tour le camion sur la bande d'arrêt d'urgence.

Arthur et Sarah sont satisfaits :

– Vous allez devoir nous suivre au commissariat pour que l'on vous interroge.

– Ah, non ! Je pense que vous allez avoir une autre priorité. Je viens d'entendre des cris.

Les deux policiers se retournent et il y a effectivement des cris de joie qui s'amplifient.

Le brouillard commence à se dissiper aussi vite qu'il était apparu.

Arthur et Sarah remarquent alors que toutes les vitres des voitures sont grandes ouvertes.

Les automobilistes apprécient ainsi le spectacle, malgré le froid.

Une meute de renards a effectivement profité de l'arrêt des engins et du brouillard pour traverser l'autoroute en toute sécurité afin de regagner leurs tanières.

Incroyable !

Dans la région, il y en a beaucoup, mais si près de l'autoroute, ils n'en avaient jamais vus !

Au bout de dix minutes, les renards semblent maintenant avoir tous traversé.

Ils se sont regroupés sur le bas côté, juste à droite du camion de Len.

Les policiers ne sortent que quelques minutes pour s'assurer qu'il n'y a aucun blessé. Ils pensent que Len ne va pas s'enfuir car ils l'entendent crier de peur.

Les policiers s'approchent du camion quand un jeune renard traverse à son tour l'autoroute. Il avait été distancé par le reste du groupe.

Les deux policiers le laissent passer, mais ils n'entendent plus Len !

Le renardeau rejoint la meute qui se dirige vers la forêt.

Il n'y a plus de danger et les policiers retournent au camion.

Len n'est plus là ! Il les a bernés en profitant de la traversée du retardataire pour s'enfuir. Les deux compères le voient se frayer un chemin dans la forêt toute proche ! Il est beaucoup trop loin pour qu'on puisse le rattraper.

Les policiers contactent la commissaire pour lui faire un rapport.

Elle leur indique qu'ils peuvent faire reprendre la circulation aux automobilistes et revenir au bureau après.

Sarah s'agace pendant le trajet :

– Il y en a marre de ce chanteur Len. On l'avait pratiquement arrêté, mais il nous a encore échappé.

– Len a toujours une longueur d'avance sur nous, mais je souhaite le surprendre, répond Arthur. J'ai une suggestion, j'en parlerai à la commissaire.

Ils arrivent au poste et Arthur va voir sa supérieure pour lui exposer son idée.

Il retourne ensuite dans son bureau où il rédige avec Sarah le rapport de leurs interventions.

Quelque minutes plus tard, ils s'apprêtent à le rendre.

Et à l'instant même où ils sortent, Arthur remarque qu'une célébrité vient justement de quitter le bureau de la commissaire ! Il s'exclame :

– Bienvenue dans notre beau commissariat, Dil ! Qu'est-ce qui nous vaut l'honneur de votre présence ?

– Je suis là pour deux raisons. Tout d'abord, j'ai voulu remercier votre commissaire d'être venue me voir hier lors de ma représentation à Colmar. C'était vraiment un très grand concert. De plus, je voulais à nouveau vous remercier de m'avoir sauvé la vie à Metz.

– Nous n'avons fait que notre devoir. Mais j'ai une mauvaise nouvelle à vous annoncer. Len est revenu en France depuis le début du mois et votre vie est donc à nouveau en danger.

– Votre commissaire vient de m'informer. Je ne peux pas continuer ma tournée en Alsace dans ces conditions.

La commissaire Louise Dum rejoint le trio :

– Arthur m'a parlé d'une idée qu'il avait. Bien entendu, nous savons tous ici que vous êtes dans la région pour Noël. Donc, après avoir contacté le préfet qui m'a donné son accord, j'ai une proposition à vous faire. Demain, l'orchestre philharmonique de Strasbourg organise un concert à 21 h 30 avec des artistes locaux. Je vous propose de faire la clôture du concert en vous donnant un gilet pare-balles, bien évidemment. De plus, Arthur et Sarah seront aussi présents, en infiltration, en plus d'un service de sécurité renforcée et de policiers supplémentaires. Réfléchissez bien avant de répondre, vous avez le droit de refuser.

– Je n'ai pas de concert prévu demain. Je suis enthousiaste de jouer avec un orchestre. J'accepte avec joie de vous servir d'appât.

Dil quitte le commissariat.

Louise Dum retourne voir les agents de l'équipe Speed 11, une heure après :

– La mairie a annoncé la présence de Dil sur les réseaux sociaux. Elle le fera ensuite demain matin à 11 h lors d'une conférence de presse à l'hôtel de ville. Dil est annoncé demain soir pour 23 h 45.

Le 3 décembre 2023

Arthur et Sarah vont au bureau de la commissaire à 17 h. Elle les attend déjà de pied ferme et annonce :

– Je vais vous demander d'avoir une vigilance extrême. Il est très fort probable que Len vienne dans le public pour voir les performances des artistes et qu'il tente un acte, surtout si le public ovationne Dil. Il y aura un contrôle des spectateurs à l'entrée de la fête. Vous serez vous-mêmes sous couverture en tenue civile pour être les plus discrets possible. Je vais mobiliser des équipes Speed du commissariat qui seront, elles, en tenue de policier.

Sarah fait une proposition à la commissaire :

– Je vous garantis que nous allons repérer ce voyou et dès que nous l'aurons fait, nous dirons juste le chiffre 11 sur le talkie-walkie. Ce sera notre code pour que vous envoyiez un policier à côté du chanteur Len. Il aura remplacé par précaution la cartouche du barillet du pistolet par une balle à blanc.

– Je valide votre bonne idée, Sarah. En général, les criminels visent le cœur, mais il peut très bien tirer sur la tête.

Arthur murmure quelque chose à la commissaire qui a un très large sourire.

Arthur et Sarah arrivent à la salle des fêtes à 21 h.

Il y a déjà beaucoup de monde, mais les policiers ne remarquent rien d'anormal.

Les représentations des artistes s'enchaînent sans accroc.

Il est maintenant 23 h 45. Dil monte sur scène et prend le micro :

– Bonsoir, Strasbourg ! J'espère que vous allez bien.

Le public répond en masse « Oui ! ».

– Je souhaite remercier la ville de m'avoir invité et à l'orchestre de m'accompagner. J'ai un sacré défi. J'ai entendu et découvert des artistes locaux talentueux ce soir. J'espère être à la hauteur. Je vais vous chanter deux chansons. Comme la nuit est tombée, je vais débuter par « Au clair de la lune » pour tous les enfants, puisque c'est Noël :

Une équipe explosive

« Au clair de la lune
Mon ami Pierrot,
Prête-moi ta plume
Pour écrire un mot.
Ma chandelle est morte,
Je n'ai plus de feu,
Ouvre-moi ta porte,
Pour l'amour de Dieu.

Au clair de la lune,
Pierrot se rendort.
Il rêve à la lune,
Son cœur bat bien fort ;
Car toujours si bonne
Pour l'enfant tout blanc,
La lune lui donne
Son croissant d'argent. »

Le public ovationne en masse cette première chanson. Arthur et Sarah ne remarquent toujours rien d'anormal.

– Merci à toutes et à tous. Nous sommes en Alsace et ici, la période de noël est sacrée. J'ai donc choisi « Noël alsacien » de Jacqueline Valois comme deuxième chant :

« Chaussé de neige et coiffé d'une étoile

Voici Noël qui ouvre son bal

Et chaque enfant du pays alsacien

L'accueille en chantant plein d'entrain

Prends ma main,

Vieux Père Noël et viens

Nous t'attendons dans nos chalets.

Près de la crèche il y a du bon feu

Sous les bougies aux couleurs d'arc-en-ciel

Tu seras heureux Père Noël

Tu partageras la bûche au chocolat

Et tu boiras bien un bon verre de vin

Puis tu conteras ton voyage ici-bas

Avant de remonter sur les toits. »

Le public ovationne encore plus fort ce deuxième chant qu'ils ont tous accompagné gaiement. C'est le plus long applaudissement du soir !

Sarah se retourne et remarque qu'un individu vient de faire tomber une bouteille de champagne.

Elle pense avoir reconnu Len et sort son talkie-walkie pour dire le chiffre 11.

Cinq minutes plus tard, un policier qui a une arme se place 30 mètres devant Len. Il sort son téléphone :

– Allô, je suis désolé mais je ne vais pas pouvoir rentrer à l'heure prévu ce soir. Je dois assurer la sécurité du concert. Tu peux faire coucher notre fille.

Len, qui a entendu la conversation se rapproche de lui :

– Je suis un chanteur connu. Donnez-moi votre arme, sinon j'ordonne à un employé d'enlever votre fille.

– Ne touchez pas à ma famille ! Allez-y, vous pouvez prendre mon arme.

Len s'exécute, mais il est étonné :

– J'entends un bruit. Elle est toute vieille, votre arme. Vous l'avez depuis combien de temps ?

– Je l'ai depuis sept ans. Vous savez que l'État réduit les dépenses. Ils ne nous donnent plus les moyens de renouveler nos armes.

– Vous avez de la chance que je ne voie pas d'autres flics à proximité. Je n'ai pas de temps à perdre. Je vais devoir faire avec votre pistolet.

Len met l'arme dans sa poche et s'éloigne du policier.

Il s'approche de la scène et sort son arme.

Len pointe le flingue vers Dil :

– Vous avez ruiné ma belle carrière. Vous avez osé prendre ma place de numéro 1. Il est temps que je regagne mon rang !

Len tire alors en direction de Dil. La balle sort du revolver et touche le gilet pare-balles de Dil.

Len est très énervé :

– Ce n'est pas possible ! Montrez-vous ! Je sais que c'est vous qui m'avez ainsi entourloupé ! Oui, vous, les maudits flics ! C'est encore un coup de votre part. J'étais bien plus tranquille en Australie. Le commissariat de Sydney avait classé l'affaire sans suite au bout d'une seule petite course-poursuite.

Arthur et Sarah s'approchent à nouveau.

Sarah s'exclame :

– Vous n'avez aucune issue cette fois ! Nous vous arrêtons !

– Je n'ai pas dit mon dernier mot. Je vois que vous êtes en tenue civile et que vous n'avez pas vos armes. Je peux encore vous assommer avec mon pistolet.

Len pointe la crosse de son pistolet vers la tête de Sarah, mais cette dernière bloque l'arme avec sa main droite.

C'est alors qu'une scène improbable se passe.

Arthur se baisse et descend sa chaussette droite. Il en sort un petit cutter que la sécurité n'avait pas vu lors du contrôle.

Il court et pointe le cutter vers le visage de Len :

– Lâchez tout de suite votre revolver sur le sol !

– Vous êtes un poulet. Vous n'oserez pas me blesser.

– C'est ce que vous croyez. Sarah est bien plus qu'une simple collègue pour moi. Nous avons noué une très forte amitié au travers et de nos interventions. Si vous la blessez, je ne vous lâcherai pas d'une semelle.

– Ce n'est pas de cette manière que vous allez me convaincre.

– Je vais aussi parler de vous. Je dois vous rappeler que vous avez déjà commis des faits très lourds. Vous allez devoir changer intégralement si vous voulez regagner une place dans le cœur des fans. Nous avions gardé le secret de votre implication concernant l'enlèvement de Dil, votre concurrent ! Ce n'est que lors de votre fuite au marché de Noël que les fans présents ont été au courant de votre acte et ont partagé en masse l'information sur les réseaux sociaux comme Facebook ou Instagram !

Il va falloir que vous soyez coopératif si vous ne voulez pas passer le reste de votre vie en prison. Nous vous connaissons bien maintenant. Nous savons que vous ne supportez pas d'avoir perdu votre statut de numéro 1 comme chanteur. Donnez-vous les moyens éventuels d'y arriver en posant cette arme maintenant. Vos fans vous pardonneront sans doute, s'ils savent que vous avez enfin retrouvé la raison.

Dans un silence total, Arthur baisse alors son cutter du visage de Len, et Sarah ne bloque plus l'arme.

Len va-t-il profiter de la situation ou est-ce qu'il va se rendre ?

Len maintient la crosse à un mètre de la tête de Sarah pendant 45 secondes. Il recule ensuite d'un pas, puis lâche l'arme sur le sol.

Il se tourne en direction d'Arthur:

– Allez-y, arrêtez moi avant que je change d'avis.

Un policier met les menottes à Len.

Arthur et Sarah rentrent au commissariat.

La commissaire, Louise Dum se dirige vers Arthur :

– Je savais que votre idée de l'appel du policier à la famille était excellente. Len est tombé dans le panneau ! Par contre, vous ne m'aviez pas parlé de ce cutter. C'était hors procédure, mais cela a payé.

– Malheureusement, il faut s'attendre à tout avec Len. Je n'ai pris l'initiative qu'au dernier moment.

– Je tiens en tout cas à vous féliciter avec Sarah pour son arrestation. Dil va maintenant pouvoir se produire sereinement sur scène. L'audience de Len aura lieu le 11 décembre au tribunal. Vous avez bien mérité votre semaine de congés. Profitez bien de vos vacances.

Les deux collègues s'en vont tout contents.

Le 11 décembre 2023

Le tribunal rend son verdict. Len est condamné à 20 ans de prison ferme. Dil était présent à l'audience, mais il a quitté rapidement la salle par la porte arrière à l'insu des photographes qui étaient dépités de ne pas pouvoir immortaliser la scène.

Le 12 décembre 2023

La commissaire, Louise Dum va voir Arthur et Sarah :

– J’ai une grande nouvelle à vous annoncer ! L’auteur Phil Haé sera présent pour la dédicace de son premier livre « Nitro 11 : un livre d’action survitaminé », le mercredi 20 décembre de 14 h à 19 h devant la cathédrale de Strasbourg.

– Nous allons pouvoir avoir l’occasion de lui raconter nos aventures, répondent avec joie les agents.

Le 20 décembre 2023

Arthur et Sarah se rendent à la cathédrale de Strasbourg dans leur tenue de policier.

Sarah s’approche du stand de l’auteur :

– Bonjour. Je suis l’officier Yel de l’équipe Speed 11. J’ai apprécié votre premier livre. Est-ce que je peux vous raconter nos interventions ?

– Oui. Ce serait un très grand plaisir d’entendre le quotidien d’une unité de police. Ma séance de dédicace est d’ailleurs finie.

Sarah parle des interventions à Strasbourg, à Essen et à Metz.

– Je suis très impressionné ! Je vais m'inspirer de vos belles missions pour écrire mon prochain livre. Le hasard fait bien les choses. Vous êtes vous-mêmes l'équipe 11 de votre commissariat.

– Nous sommes très fiers d'avoir ce chiffre accolé à notre unité. En plus, comme vous, nous adorons également la série « Alerte Cobra », dont nous avons regardé hier deux épisodes, mon équipier Arthur et moi.

– J'ai une question. Vous me semblez être proches tous les deux. Vous n'êtes que des collègues ?

– Non, nous avons développé une forte amitié avec nos interventions, répond Arthur.

– Est-ce que vous allez rester à Strasbourg ou est-ce que vous allez changer de commissariat ?

– On a eu de nombreuses sollicitations mais on préfère rester ici. Oui, sans hésiter un instant. On a la chance de travailler dans un commissariat qui a une coopération si fluide avec l'Allemagne.

– Je vous remercie pour le temps accordé. J'aime écrire comme vous le savez, et je vais partager avec vous deux citations qui me plaisent beaucoup. Je vais débuter par une citation d'Anna Quindlen :

« Les livres sont l'avion, et le train, et la route. Ils sont la destination et le voyage. Ils sont à la maison. »

– Anna a trouvé une très belle citation.

– En effet, c'est grâce aux livres que l'on a chez soi que l'on peut voyager. Et maintenant, une citation de circonstance car nous sommes en hiver :

« Dans le froid de l'hiver, un bon livre est comme un feu de cheminée : il réchauffe l'âme et fait scintiller le cœur. »

– Merci pour les citations. Nous vous souhaitons un bon retour à Nice.

– Je vous souhaite bon courage pour vos prochaines interventions. Vous êtes vraiment une équipe explosive !

L'écrivain n'aurait pas pu mieux dire : alors qu'Arthur et Sarah rentrent à pied au commissariat, une explosion a lieu devant eux et une voiture prend feu.

– Encore du travail pour nous ! s'exclame Sarah.

– Rassure-toi, on en viendra à bout puisque nous sommes une équipe explosive ! répond Arthur.

Cartes des lieux visités

1/ La région Grand-Est

<u>2/ l'Allemagne</u>

Il s'agit d'une carte allemande.

Le Saviez-vous ?

1/ Strasbourg

Selon l'Insee, Strasbourg est la huitième ville de France par sa population en 2021, avec 291 313 habitants.

Strasbourg a 2 quartiers qui sont classés au patrimoine mondial de l'Unesco : La Grande île où se trouve le centre historique, et le quartier allemand La Neustadt. La cathédrale Notre-dame a été construite sur 3 siècles. Elle possède notamment une impressionnante horloge astronomique.
Strasbourg a six lignes de tramway. En 2018, 7.2 millions de voyages ont été faits par tramway dans l'année. La ville est une capitale européenne, avec le siège du Parlement européen, du Conseil de l'Europe et de la chaîne Arte.

Avec environ 3 millions de visiteurs en fin d'année, Strasbourg est également considérée comme la capitale de Noël. Le 1er marché de Noël de Strasbourg s'est déroulé en 1570. Il fête ses 455 ans en 2025 !

Le festival Jazzlab rassemble pendant une semaine musiciens amateurs et professionnels sur le thème du jazz.

2/ Essen

Essen est jumelée avec Grenoble depuis 1979.

Le groupe de sidérurgie ThyssenKrupp y possède son siège.
La ville a obtenu le prix de la Capitale verte de l'Europe en 2017.

La cathédrale abrite la vierge d'or qui est une représentation de Marie.

Le parc des expositions, Messe accueille plus de 50 foires par an, dont le Essen Motor Show et le Techno Classica.

Essen a trois lignes de métro léger et sept lignes de tramway qui déversent la ville.

Le Museum Folkwang propose une collection artistique de 12 000 œuvres et 800 peintures.

La villa Hugel a servi de résidence à la famille Krupp qui est une dynastie d'industriels.

Le baldeneysee est le plus grand réservoir de la Ruhr.

La mine de Charbon de Zollverien a été construite en 1847 et exploitée jusqu'en 1986.

Le parc du Grupapark est le plus grand parc de centre-ville d'Europe avec 70 hectares.

3/ Metz.

L'origine de Metz est très ancienne puisqu'une tribu celtique en avait fait son principal oppidum, c'est-à-dire sa capitale. Par la suite, la ville prospéra sous les Romains : son amphithéâtre fut le plus grand des Gaules. Sous les Francs, elle devint la capitale du royaume d'Austrasie, avant de voir son histoire liée à celle des Carolingiens : Charlemagne y favorisa le pouvoir de son évêque.

Par la suite, Metz fit partie du Saint-Empire romain germanique en tant que ville libre, avant d'être intégrée à la France au XVIIe siècle. Elle fit partie de la Moselle annexée par l'Allemagne entre 1871 et 1918.

Avec 120 874 habitants en 2021, Metz est la commune la plus peuplée de Lorraine, et la troisième du Grand Est derrière Strasbourg et Reims. La diversité architecturale de la ville témoigne de son riche passé. La mairie de Metz a d'ailleurs déposé un dossier en vue de classer au patrimoine mondial de l'Unesco deux quartiers du centre-ville.

La ville est aussi aujourd'hui connue pour le centre Pompidou-Metz, ainsi que pour ses nombreuses fêtes, dont celle de la Mirabelle avec ses concerts et spectacles. Les Montgolfiades qui ont lieu sur le plan d'eau de Metz en font partie. À signaler aussi le marché de Noël, le deuxième de France après Strasbourg.

4/ Les marchés de Noël en Alsace

L'Alsace est le pays des gourmands et des gourmets. Un pays spécialement réputé dans la période des marchés de Noël, avec toutes leurs spécialités :

– le vin chaud, rouge ou blanc, avec des épices et des agrumes, pour se réchauffer ;

– la bière de Noël, l'Alsace étant terre de brasseurs ;

– le foie gras : la recette de celui-ci, tel qu'on le consomme le plus souvent de nos jours, a d'ailleurs été inventée en Alsace au XVIIIe siècle ;

– les « bredle », des petits gâteaux qui se déclinent en de multiples sortes, au beurre, aux amandes et à la cannelle, à l'anis...

– le « Christolle », un gâteau avec des fruits secs et des épices, recouvert de sucre glacé ;

– les « mannele », des bonshommes de brioche, avec des yeux en raisins secs ou en pépites de chocolat ;

– les pains d'épices : les stars des marchés ;

– le « berewecke », ou pain de Noël, constitué de poires séchées ou de fruits macérés dans du schnaps ;

– les « dampfnudle », des boules de pâte levée cuites à la cocotte.

Les proverbes alsaciens

L'Alsace est un département qui a un fort ancrage avec des proverbes locaux.

Proverbes alsaciens	Traduction en français
Aller anfang esch schwar.	Tout début est difficile.
D'Klens Dieb hellt m'r, d'gross luss m'r lafa.	On attrape les petits voleurs, on laisse les grands s'enfuir.
E Fründ isch e Schatz, den ma net kaufe kann.	Un ami est un trésor qu'on ne peut pas acheter.
E Sänger ohne Stimm isch wie e Metzger ohne Messer.	Un chanteur sans voix est comme un boucher sans couteau.
Gmüetlichkeit am Christkindelsmärik bringd Friede un Freu.	La convivialité au marché de Noël apporte paix et joie.

Citations de séries et de films

1) Extrait de dialogue d' Alerte Cobra :

Sami dit : « Ah, c'est dommage. On n'a pas fait exprès ».

Ben répond : « Ah, mais c'est pas grave. Un peu d'enduit, un peu de polish à droite à gauche et elle sera comme neuve » .

2) Les frères Scott :

« Ça nous arrive à tous de vivre des événements particuliers et de savoir que ces instants resteront inoubliables au moment où on les a vécus. J'ai vécu un de ces moments ce soir » .

3) Harry Potter et l'Ordre du Phoenix :

« Dans le monde il n'y a pas d'un côté le bien et le mal, il y a une part de lumière et d'ombre en chacun de nous. Ce qui compte c'est celle que l'on choisit de montrer dans nos actes, ça c'est ce que l'on est vraiment » .

4) Il était une fois dans l'ouest :

« À la gare, y'avait trois manteaux, dans ces trois manteaux y'avait trois mecs et dans les trois mecs y'avait trois balles » .

Les anniversaires événements de 2025

L'année 2025 est une année qui est riche en anniversaire pour des œuvres cultes.

Jour	Titre	Âge
30 avril	Starsky et Hutch	50 ans
17 juin	Vice-Versa	10 ans
1er septembre	Rayman	30 ans
13 septembre	New York, Police Judiciaire	35 ans
20 septembre	Hawaii 5-0	15 ans
29 septembre	MacGyver	40 ans
30 octobre	Retour vers le futur	40 ans
24 novembre	Raiponce	15 ans
11 décembre	Astérix et la surprise de César	40 ans

À noter que la série « Alerte Cobra » fêtera ses 30 ans le 12 mars 2026 !

Sommaire

Si vous avez aimé le livre « Une équipe explosive », merci de laisser un commentaire sur votre site d'achat ou sur les réseaux sociaux.